탁, 탁, 탁
이선욱 시집

문학동네시인선 070 이선욱

탁, 탁, 탁

시인의 말

타이프로 친 시도 있고,
시로 친 타이프도 있다.

2015년 5월
이선욱

차례

입술

우리의 붉은 입술
피보다 아름답고 입체적인
추억의 뼈로 이루어졌다면

부서질 줄은 알지만
돌아오지 못하는 매혹의 퍼즐처럼
순간 속에 잃어버릴
하나의 발음을 맞추리라

어느 허공에서

탁, 탁, 탁

그러니까,

가문 벌판이었지

저녁이면 한 무리 염소들은
그늘로 떠났고
목동의 손만 홀로 남아
벌판 한가운데 놓인 탁자에서 타자를 쳤네
타자를 쳤네
캄캄한 자판을 두드릴 때마다
솔가지 타는 소리가 허공에 퍼졌고
타자기에선 부서진 사막이
조금씩 흘러내렸다네
다 닳은 잉크처럼
어둠에 날리는 글씨들과 함께
이따금씩 타점이 강하게 울렸으나
휘어지는 바람을 따라
자판을 두드리는 속도가
달라지기도 했네
목동의 손은 가벼웠지
몸은 없고 손만 남았으므로
말없이 서술하는 시간은
활자판의 중심처럼 칸칸씩 이동할 뿐

꿈꾸듯 망설이는 타법은 아니었네
다만 슬픈 꿈의 오타만이
하얀 털뭉치처럼
바닥에 뒹굴고 있었으니
궁극의 어떤 형상 같았으나
궁극에는 자라지 못할 운명이었다네
자판은 타법에 빠르게 반응하고 있었지
아니면 무언의 잦은 행갈이였을까
어딘가 어둠은 글썽거렸고
그것은 타이핑한 글씨체였다네
때로는 벌판에 도는 메아리처럼
같은 문구를 연달아 치기도 했는데
그럴 때면 땅금 갈라지듯
목동의 손뼈가
더없이 두드러지곤 했네
사방으로 길이 없는
벌판의 한가운데였지
끊이지 않는 서술의 소리를 따라
손끝에는 굳은살이 피어났고
그렇게 타자를 치던 어느 날이었다네
어둠에 날리는 글씨들은
점점 더 흐려졌고
타자기에선 부서진 낙타의 뼈가

흘러내리고 있었네
연달아 같은 문구들을 치고 있을 때였지
모가 닳은 자판 하나를
누르는 순간
무형의 뒤늦은 타점이 울렸네
무언가 손등에 떨어졌지
빗방울이었네

천사

기타는
녹슨 반음을 튕기네
술집의 가수는
목이 쉬었네

안개에 젖은
발끝을 굴릴 때마다
나무 바닥처럼
흔들리는 무리들

그리고
살아 있음을 가장한
무거운 박자

아무도 모르는
천국을 향해
취한 자들의 가쁜 숨 고르네

무대 위
기묘한 포크 곡은
계속 흘러가지

가성을 태우네

얼굴을 찡그린
시간제 천사

산장과 태양
— 침묵자들

말이 섞이지 않는 시간
난로에 끓는 커피를 바라보는
그들의 얼굴은 양각보다 음각에 가깝지
혹은 둘러앉은 중간중간 우연의 빈자리처럼
몇몇은 죽은 사랑의 꿈을 꾸고
한 남자는 짧은 턱수염을 어루만지고

이따금씩 공기는 차갑게 도네
머리 위에서 아무 일 없다는 듯이
그럴수록 무언가 숨기려는 태도로
옷깃에 파묻은 얼굴이
깊숙한 허구와 비밀을 만드는 순간
저기 창틀이 흔들릴 때마다
조금씩 깊어지는 무엇이 있다네

본의 아니게 사람은
사람과 사람의 관심을 피하기 마련이고
그들은 피로에 지쳐 짧게 눈인사했을 뿐
이후로는 각자 신발끈을 고쳐 묶거나
간단한 메모를 하거나 또는
가만히 커피를 끓이는 일이
더 익숙한 종족 그래서

산장의 태양은 빛나고
가장 빛나는 순간 빠르게 돌아서는 오후를
그들은 신의 고비라 부른다네
산맥을 넘어서지 못한 기도와
넘어서려는 의지가 헤어지는 풍경을
누구보다 잘 알고 있지
수많은 경험이 무화될수록
상상이 참담할수록

곳곳마다 희부옇게 서리는 흔적들
그렇게 안타깝다는 한마디를 아끼고
침묵을 택하는 것이 그들의 휴식이자
기둥에 기댄 사람들에게 필요한
그 밖에는 불편한,
적어도 희망과 보편의 진실 같은 영역에서는
쓸쓸하게 꺾인 빛줄기

마찬가지로 신비로운 것은
화려함이나 초라함과는 무관하게 찾아오네
누군가 오래된 덩굴처럼 팔짱을 끼고
한편으로 서늘하게 하품할 때
그 출처를 알 수 없이
어딘가 삐걱거리는 기운하며

따뜻하게 번지는 피로 같은 것들

오로지 그런 것들이
신비로움을 맞이할 수 있지
다만 그들 누구도
놀라거나 궁금해하지는 않아
불쑥 문밖에서 두드리는
거짓말 같은 노크를 들을 때도 그렇지만
무언가를 기다리기 위해
이 중턱을 찾은 것은 아니므로

어쩌면 신의 고비야말로
평화보다 길고 유유한 휴식이리라
이 생애에 한 번은 도달해야 할
시간의 전환점이라든지 진정한 절정은
말이 썩고 귀를 잃고
눈이 먼 사람들이 증명할 것

오, 그들은 이미
너무 많은 젊음을 오르내렸고
너무 많은 약속을 맹세하고 파기했으며
가끔 빛이 돌아선 곳에서
눈덩이 내려앉는 소리를 들을 뿐

혹은 또다른 눈덩이를 생각할 뿐이네
더이상 벅차오르지 않는 숨결로
이렇게 모인 것이

그러므로 낯설지 않은 적막이라네
뜨거운 불구로 전락하지 못한
그들의 고비이기도 하지
천장에 기울어가는 그늘만큼이나
무언가 다급할 까닭은 없지만

그대로 저녁을 맞고
어둠을 맞고
별빛 새버린 아침이 올 때
그들은 한 번쯤 서로의 흐린 눈빛을
마주하게 될 것이니

짐작할 수 있겠는가
그 속의 신비로움은
가장 빛나는 순간 빠르게 돌아서지도
강렬하지도 않을 것이며
능숙하지도 않은,
늙은 소년의 표정이리라

목마들

어둠 속에서 샘솟는 영감들은 화려하지
때로는 눈부신 분수처럼 춤을 추네
모든 빛깔로 휘어지는 물줄기들
구분할 수 없는 추상의 몸짓들이여,

오, 사방에 부는 상쾌한 바람들은
단어가 아닌 새로운 말들을 이야기했어
그것들은 모두 장님의 조각 솜씨였지

그래, 순결을 찢겨버린 밤의 목마들은
거기서부터 대담하게 몸을 섞기 시작한 거야

지혜

저 창가에 속삭이는 새들
언제부턴가 그들 사이에 가만히 앉아 있었지

왕들이 지나간 뒤로는
한쪽 눈을 감고 있었네

단 하나의 불

공중계단

이 계단은 좀처럼 끝나지 않지만
아래로 내딛는 발소리는
갈수록 캄캄해지네
그늘처럼 말없는 걸음을 따라
한 단 한 단 줄어드는 공간의 동심원

그것도 조만간에는 멎으리라
그때쯤이면 또다른 발소리가
뒤를 따라 내려오겠지
그것이 이 계단의
유일한 고독이자 환상이므로

문득 허공의 저편이 떠오른 것도
그런 고독의 일부였을까
명멸하는 빛과 유령들의 아지트
뒤를 돌아보면
즉시 소멸하고 마는 세계

그러니까,
나의 쓸쓸한 체중이
계단과 계단 사이를 어둡게 낙하할 때
또다른 발소리가 내려오고 있는 것이다
계단을 울리는 겹겹의 파장과 함께

생각의 정적을 무너뜨리는
저 침울한 구두의 주인공

차라리 그것이 맨발이었다면
이 계단은 더 생생했을까
돌보다 더 단단한 감각이었을까
다만 그 또한 층층이 흐려졌을 테지
어느 곳이나 그 정도 질서는
존재하기 마련이니

내가 이 계단을 내려서기 전에도
수많은 사람들은 그렇게 어두워졌으리라
그리고 여전히 일정한 간격으로
서로의 뒤를 따르고 있겠지
절대로 돌아보지 않으며,
언제부터 그랬는지는 알 수 없지만
그것이 이 계단의
유일한 고독이자 환상이므로

가끔 한 걸음이
천 걸음을 걸어내려가네
걸음이 항상 나와 동행하지는 않지만
멀어진 친구여,

고독도 어쩌면
그런 간격으로 이루어지겠지
물리적이면서도 심리적인 거리
따라가면서도 도무지 따라잡을 수 없는
이 평범한 역설을

탄탄하게 증명하려는 따위의
시작은 아니었으니
한편으로는 끝간에 다다를
무엇도 아니었으리라
무거운 체념으로 들어섰으리라

여기 그 무엇도

언젠가 저 발소리가 사라질 때쯤이면
나는 또 문득 허공의 저편을 생각할 것이고
지금보다는 조금 더 어두운 곳에서
눈을 감고 뛰어내려가듯 캄캄한,
캄캄한 진심으로 바랄 거야
이 계단이 영원히 지루하기를

발소리는 끊임없이
뒤이어 내려올 테지만

그 울림도 갈수록 흐리게 시작하겠지
그러면 어디쯤인가부터는
저절로 깨닫지 않을까
릴레이처럼 이어지고 소멸하는 발소리
그것이 왜 이 계단에 존재하고
또 존재해야 하는지

그렇지만 또 인정할 수 있을까
어두워진다는 것 그리고
자각한다는 것
순전히 걸음만으로
추억 같은 거 뒤돌아보지 않고도
그게 정말 가능한 일일까

질문은 슬픔을 잇지만
무던히 두고봐야겠지
여기 불필요한 선택의 여지는 없으니
이렇게 내려가거나 어두워질 뿐
발밑에 차례로 놓인 계단을 밟을수록
정말이지 이 거대한 성은
어디론가 계속 상승하는 느낌이라네

밤바다
― 선원에게

해변의 검은 절벽들은 웃지 않는다네
감정 속에는 영원히 굳어버린 파도가 있네
형상은 잃어버린 이야기의 마지막 모습이고
거기서부터 모든 절규는 과거의 절규라네

오직 냉정만이 어두운 가치로 빛날 때
먼 곳으로 출렁이는 그늘이 펼쳐지리라
그리하여 한 폭의 정면은 날카로운 바람을 타고
광활은 무수한 침묵들 위에 떠 있지만
방랑의 진실은 오, 언제나 잠겨 있는 것

전원기도

이후로도 삶은 새로운 문제가 없지

북편의 이름 모를 개가 짖으면
어디선가 커다란 적막이 울린다네
잠들지 못하는 눈빛을 돌이켜도
봉착하는 것은 하나의 어둠이며

공교롭게도 또다른 아침이라네

그사이에도 별들은 죽지 않는다네
그러므로 날마다 헤아린 것은
거울 안에서의 말없는 경악
물속인 동시에 물 밖이기도 한
사람인 동시에 사람이 아니기도 한

누군가의 얼굴은 창백해져갔으나

일상을 마주치면 일상이 되고
눈을 뜨면 감을 수 없는 그것은
어떤 사실을 망각시키네

그렇게 눈앞의 불운을 미워하거나
구체적인 내일을 떠올려봐도

— 비추어 달라지지 않는 것들

오, 외로운 개인의 역사는
철저한 풍경으로만 기록되고
그 속의 낯선 얼굴은

빛과 바람과 윤곽으로 남았지

그러나 저기
생생하게 펼쳐진 들판은,
그리고 저 물결의 힘은 위대하여
오늘은 조금 더 창백해지리라

또 그렇게 숨을 참는다네

흔들리는 것들은 저절로 흔들리고
새들은 새들을 따라가네
누군가는 그것을 법칙이라 부르기도 하지
가변하지 않는 흐름은
그토록 영원하고 장대하기에

나는 창백하며

—

두 눈 앞의 자연은
그후로도 달라지지 않으리라
숨은 하얗게 막혀오지
그러나 죽지는 않는다네

가등

소도시의 늦은 밤거리
기울어진 가로등 아래
모피를 두른 여인이
커다란 가방을 이끌고
여관 계단을 오르고 있었네

사내는 지켜보았어
허공의 총총한 별들과 함께
올려다본 건물 어딘가
새하얀 불이 켜질 때까지

그리고
휘파람을 불었어
그 밤의 모든 별빛들처럼
오, 가사 없는 가사로

낮선 선물

웃는 건지 우는 건지
알 수 없는 얼굴이었어요
연필 치듯 비스듬히 내리는 빗줄기 사이로
새카맣게 젖은 머리칼이며
낯설고 가쁜 숨소리 마주하고 있었죠

나를 아느냐고 물었더니
고개를 끄덕이더군요
문득 통증 같은 몇 사람 생각이 스쳤지만
그런 식으로 빗물과 눈물을 구별할 사연은
마땅히 생각나지 않더군요
설사 생각난다 해도 어떻게 달리 마주했겠어요

숙인 얼굴 아래로는
어둑한 물기가 흘러내리고
어딘가 짙은 기대감이 얼룩진 듯도 했죠
조금 혼란스럽기도 했습니다
설핏 남자 같기도 여자 같기도 한 얼굴이었죠
내 눈빛이 빗줄기를 따라 기울자
손가락에 끼고 있던 반지 하나 건네주더군요

크고 작은 흠집으로 가득했지만
곳곳마다 사금 같은 빛들이

얽혀 있는 반지였어요
무엇이냐고 물으니 고개를 가로젓더군요
이상하게도 가로젓는 방향을 따라
안도와 두려움이 교차하는 얼굴이었죠
더러는 팔순과 청춘의 내력마저
겹치는 표정이었습니다

손끝으로 젖은 반지를 매만지며
나는 다시 한번 정말 나를 알고 있는지
또 이 반지가 무엇인지에 대해 물었습니다
그러자 대답보다 더 깊숙한 손길로
무작정 내 손을 끌어당기더군요
이렇다 말할 틈도 없이 반지를 끼워주더군요

황급히 뿌리치며
당신은 누구냐고 물었지만
물러나는 손길은 어딘가 끈적했고
아무리 힘을 주어도 반지는 빠지지 않았어요
힘이 헛돌 만큼 미끄러웠으니까요
마치 오래전부터 그랬다는 듯이
단단히 빛나고 있을 뿐이었죠

그리고 그때 뿌옇게 번지는 한숨 속에서

너무 처연하게 마주한 얼굴이었어요
진흙처럼 서서히 흘러내리고 있었습니다
아니, 그건 퇴적에 지친
진흙의 표정이었어요

무언가 되묻고 싶었지만
무엇도 파헤칠 수 없는 얼굴이었죠
빗물인지 눈물인지를 따라
발밑으로 뚝뚝 떨어지고만 있었으니까요
차마 똑바로 바라보지는 못하겠더군요
눈앞에 무력한 힘을 마주할 것만 같았죠

부러 반지만 들여다보고 있었습니다
손에서 빠질 기미는 좀처럼 보이지 않았죠
불현듯 몇 가지 생각이 사금빛처럼 스쳤지만
금세 캄캄하게 묻혀버리더군요

그러면 아파야 했을까요
무심해야 했을까요
마주한 숨결 산산이 흩어지고
빗소리만 잠잠히 들릴 때까지도
그런 식으로 받아들여야 할 사연이란
끝내 생각나지 않았어요

예술

정오의 한편에는
싱그러운 자두가 있고
자두의 빨간 그림자가 있고
굴러가지 않는 자두의
빨간 환상이 있네

나머지는
아름다운 구도와
노란빛의 세계
때로 우리는 그것을 위해
존재하고 함께 시들어가는
예술들

일요일의 포커
— 농담들

그는 턱을 괴고 바라보았지
한 손으로는 미지근한 맥주를 마시며
마지막으로 받은 카드는
테이블 위에 그대로 덮어두었지
평소보다 과하게 저녁식사를 한 탓인지
기분이 썩 좋지는 않았어

천장에 달린 팬을 따라
두터운 담배 연기가 돌고 있었고
그는 무거워진 눈꺼풀을 깜박이며
듣기 불편한 숨소리를 내고 있었지
그러자 마주한 친구는 이렇게 말했어

"자네, 그러고 보니 꼭 잭을 닮았군!"

모두들 낮은 소리로 웃었네
물론 그도 따라 웃었어
그러고는 약간은 찡그린 표정으로
남은 맥주를 비웠어

비스듬히 미끄러지는 어둠을 따라
일요일은 그렇게 지나가고
그는 피곤했지만 여전히

턱을 괴고 바라보았네
마지막 카드는 그대로 덮어둔 채
간혹 얼마 남지 않은 동전과 지폐들을
무심히 만져보기도 했지

환한 테이블 위로는
손뼈 굵은 그늘들이 하나둘 오가고
누군가는 빈 담뱃갑을 구기며
시간을 늘리듯이 하품하기도 했어
연기처럼 이어지는
잦은 침묵과 농담들 속에서

그는 알고 있었어
더이상 그를 기쁘게 할 무언가가
존재하지 않는다는 것을
그게 무슨 문제가 되진 않았지만
여태까지 덮어둔 카드가
게임을 뒤집을 일도 없었지

그러므로 아무것도 잘못된 건 없었다네
그저 조금은 우울하고
무료하게 턱을 괴고 있었을 뿐
그리고 그때 누군가는 이렇게 물었지

"이봐, 죽을 거야, 말 거야?"

모두들 낮은 소리로 웃었네
물론 그도 따라 웃었어
그러고는 어딘가 굳은 표정으로
어깨를 한번 으쓱했을 뿐이야

흐르는 시간 위로
이마가 풀린 얼굴들이
그를 일제히 바라보고 있었네
누군가는 재촉하는 투로
가볍게 테이블을 두드리기도 했지만

아무도 예상하지 못했지
그로부터 다시금 이어지는
일련의 침묵과 무미한 농담들 속에서
그가 아무렇지 않게 남은 돈을 걸고
그 자리에 엎드려
큰 소리로 울기 시작할 줄은

안개벽

네가 술집 문을 나섰을 때
그녀는 이미 어디론가
자취를 감춰버린 뒤였지

그래, 이상한 일이었어
오랫동안 이야기 나눈
그녀의 얼굴은 기억나지 않았고

불 꺼진 새벽의 술집 앞에서
넌 이해할 수 없어
흐린 고개만 흔들고 있었지

모든 게 변해갈수록
꿈꾸는 벽들을 찾아야 한다는
그 말을

별과 빛
— 구월 무렵

이제 당신 앞에 비밀은 없소
비밀의 흔적만이 옛 성터처럼 남아
당신을 서성이게 할 뿐이오
몇 바퀴를 돌아봐도
부서진 주춧돌들만 굴러다닐 뿐이오
굴러가는 돌들을
유심히 살펴봐도 마찬가지요

그럴 때마다 당신은 맥빠진 고개를 들어
황량한 주변을 다시 한번
황량하게 둘러보곤 하오
상상은 그렇게 머리를 긁적이게 하오
저물어가는 노을 앞에
당신을 슬픈 종족으로 만들곤 하오
어떤 참회와 더불어 지극히 명멸하는 눈빛

그러나 당신은
다시 스케치하기 시작하오
여태껏 한 번도 본 적 없는 그것을
이미 태워버린 복원도만
수십 장을 넘긴 시점이오
이따금씩 브라스처럼 부는 바람 외에
당신은 아직 특별한 기미를

—   찾지 못했소

지금
어디선가는
혜성이 날아오고 있소

움푹 파인 땅 그늘마다
사라진 초석을 유추하고
원통 기둥을 세웠다
다시 팔각기둥을 세우기도 하고
그렇게 곳곳마다 끊임없이 손끝을 굴렸으나
필연적으로 또다시 고개 젓고 마는 당신
어디서 본 듯도 하고 아닌 듯도 한 실루엣들
안타까움은 모든 흔적의 전형적인 속성이지만
당신은 손가락 사이에 끼운 연필처럼
오로지 한 줄의 상상만으로
시간을 버티고 있소

몇 번이나 지웠던 사방 무늬는
다시 그대로 그려냈지만
삼층까지 올라갔던 당신의 축조물은
어느새 쓸쓸히 단층으로 내려와
어두워진 지평선을 마주하고 있소

—

도대체 확신과 부정으로만 반복되는
이 지루한 미학의 정체는 무엇이오
당신 이마에는
뜻 모를 주름들이 굳어가고

지금
어디선가는
혜성이 날아오고 있소

그러나
애초부터 화려한 세계는 없었소
당신의 갈망은 고독할수록
더욱 견고해지는 손길 같고
그것은 분명 혼신의 동작이나 다름없는 것
또는 온도를 알 수 없는 불꽃 같은 것이오
무엇이오
어쩌면 슬픈 종족이란
그런 습성들이 우연히 연속되는
또하나의 황량한 상상일지도 모르지만
당신은 부러 모른 척
손끝에만 집중할 뿐이오
가끔 전문가처럼
냉정한 표정을 지을 뿐이오

시선이 머무는 곳에서
힘겹게 돌아오는 곳까지
수사 없이 단순해지는 비밀의 흔적들
갈수록 굵고 짙은 힘으로
여백을 스치는 선획들
때로는 보다 아득한 향수가 필요했지만
아쉽게도 그럴만한 감각의 빛이
당신에게는 부족했소
유서 깊은 별들은 이미 소멸했고

지금
어디선가는
혜성이 날아오고 있는 것이오

또다시 필연적으로 고개 저으며
당신은 새로운 형태의 기둥을 그리고 있지만
과감한 것은 과감하게 지울수록
다시 생각나기 마련이오
당신의 반복은 그렇게 무심하고 끊임없소
수없이 무너질수록 단단해지는
그런 지상의 발전 양식과는 무관하게
단층에서 다시 십이층까지 올라간

당신의 축조물은
십이층에서 다시 삼층으로
서서히 내려오고 있소

어떤 위태로움이 두려운 것은 아니오
당신의 그 모든 기질은
비밀이 부재한 대지로부터 기인하오
그리고 조금은 지쳐 보이는 당신의 얼굴
문득 보이지 않는 흙바람이
세차게 불어닥치고 있소
집중에 무거워진 고개를 들면
눈앞의 빈혈처럼
어딘가 급격히 어두워지는 저녁이오

귀걸이

— 달의 비계와 진주

우편

한 부인이
손끝으로 종이를 넘기며
글자로 그린
소식을 읽고 있네

변하지 않는 표정 속에
비스듬히 앉은 채로
낡은 의자처럼
삐걱거리며

결혼
— 젊은 시절

하루에도 몇 번씩
그녀와의 결혼을 생각하네

*

오늘도 너는
한 권의 책을 덮은 대신
그녀를 위해 열심히 일할 밤낮이며
새싹 틔우듯 꾸려나갈 가정이며
벽문에 두드릴 망치질 같은 것들을 생각했지

그늘진 식탁에 턱을 괴고
진심으로 뜨겁게 떠넣을 저녁밥과
어느 지친 날 필요한 깊은 포옹과
귀기울여 들을
그녀의 숨소리를 생각했다네

그리고 생각했지
가끔씩 아득해질 창밖의 풍경과
저물녘이면 서둘러 돌아올 근심을
집 한편에 키울 작은 난초와
둥글게 맺힐 그녀의 눈망울을 생각했네

더러는 공원을 거닐 휴일과
멀리서 손잡고 바라볼 분수와
도토리 같은 아이에게 가르쳐줄
몇 가지 별자리를
생각하기도 했다네

*

그렇게 몇 번을 생각하고
또 생각했지
묽어진 탄산수를 들이키며
후회와 행복 또는
확신 같은 단어들을
어딘가에 썼다 지우고 있었네

그녀를 기다리는 동안에도
그녀와 웃고 떠드는 사이에도
너는 생각하고 있었지

간혹 스치는 말끝에
생각이 피었으나
그럴 때면 읽다만 구절을 찾는 사람처럼
덮어두었던 책을 펼치곤 했네

—

*

사랑이었지

되묻지 않았네
아니, 되묻지 않으려 애썼지
창가의 흔들리는 커튼도
우연히 마주한
그녀의 두 눈도 아니었네
손금처럼 깊게 밑줄 그어진 운명도
허천난 갈증도 아니었지
다름아닌 사랑이었으므로
너는 할말도 잊고 생각했네
순간을 잊고 생각했네
무한한 미래를 잊고
생각했다네

*

그녀와의 결혼을
오로지 그녀와의 결혼만을

—

*

어떤 시름이
사랑을 읽고 갔나

어디선가 일제히 울기 시작하는
한 무리의 매미처럼
너는 뒤 없이
생각하고 있었네

공정에 관한 발언
— 흡연과 펜

존재하고 있다

안다, 모두가

느끼고 있는 것들

너도 그렇듯

나도 마찬가지로

보았다, 오랫동안

너무 명확한 사실을

그러므로

그게 전부가 아니라는

확실한 진리를

안다, 누구나

살아 있다면

눈을 감는 법

관대해지는 법

그리고

이해의 기술,

불가능에 대해

빠르게 알아차리며

그러면서도

모르게

아무도 모르게

나아간다, 어디론가

쑥스럽게 웃으며

때로는 짓밟고

또 짓밟히기도 하는

무참한 우연을

깨닫는 순간

모순처럼

사랑처럼

넓은 세계에서

점점 더

외로워지는

성숙과 보편,

완강하게 소리칠수록

분해되는 음성을

너무나도 잘,

알고 있다

그럼에도

균열과 혼돈으로

빛나는 리듬,

이 끝나지 않는

리듬 속에

무엇을 위해

춤추는지 모르는,

광대의 탈들은

그렇게

—

아프거나

지치지 않고

그동안 우리는

늙거나

잠들거나

그렇지 않다면

고백해야 한다,

지금의 문제

풀리지 않음으로써

존재하고 있는

비참함

그로부터의 감각을,

—

세련되고

숙련되었으나

그게 전부가 아니기에

안다, 우리가

누구보다도 잘,

느끼고 있는 것들

마주한 감정들처럼

아무런 변화 없이

그러나

변화한 듯 사는 법

만족하는 법

안다, 네가

그러므로

갑자기

괴로워하는 이유

그러면서도

끊임없이

부정하고 있는 것을

보았다, 모두가

조용한 자신과

그 순수성을

그리고

약관의 민주주의

그 앞에

서 있는

평범한 시민을

오후

그는 두려웠어
몇 번이나 망설였지
문고리를 잡을 때마다
가슴이 덜컥거렸네

문 앞에 이마를 맞대고
가만히 서 있었어
복도의 캄캄한 정적처럼
그의 손은 조용하게
굳어버렸지

눈을 감으면
가끔 어디선가 들려오는
외국인들의 대화 소리
낯선 기침 소리
그리고

그는 끔찍했어
이 빌어먹을 오후의
빌어먹을 익숙함이
두려웠네

문을 열면

영원에 매달린
샹들리에가
환영할 테니까

죽은 사월

잠이 든다
벚꽃이 핀다
한밤의 천변은 화사하리
누군가 그곳을
걷고 있다면
꿈꾸고 있으리라
내가 베개에 엎드린 채로
직시하고 있는 것들을

하얗게 만개한
꽃나무 숲속에서
흩날리는,
흩날리는
청춘은 낮이 되고
그녀는 찬란해지고
숙명은 기쁘게 화답하는

때로 인생에는
그처럼 신비로운
일들이 있었지
어떻게 그럴 수 있었는지
오직 꿈꾸는 자만이
그 향기를

맡을 수 있다니 오,
그곳으로 깊숙이
고개를 묻을 때마다
알 수 있었네

그럴수록
가까워지든
점점 더 멀어지든
선명하기만 했지
한 철의 은송이,
은송이들
이 종이 냄새 같은

기념

대로의 높은 가로등마다
나란히 걸려 있는 흑백의 배너들
물결치듯 바람에 펄럭이며
옛 시인의 탄생을
기념하네

오, 주말 아침의
투명하도록 화창한 날씨는
죽은 사람의 얼굴이
공중에 펄럭이기에는
더없이 좋은 날씨
그 아래로
경쾌하게 거리를 오가는
후대의 사람들과
목줄을 흔들며 동행하는 애완견들
걸을 때마다 반짝이는 발들
뒹구는 전단지들
푸른 낙엽들

활기차노라
사거리 앞 커다란 제과점의
빵 굽는 냄새
젊은 여인들의 선명한 화장

그 사이로 시원하게 울리는
남국의 음악들과
문득 실수로
어깨를 부딪치고 걸어가는 가난
사방으로 날아가는 새들
그리고 죽은 이의
말없는 위대함이여,

오늘 그것들은 모두
기념의 풍경이 될 수 있다네
눈앞에 어느 하나
의미를 갖추지 못한
그런 의례는 없으니
보라,
펄럭이는 방향으로 도취된
거리의 분위기를
그러면서도 좀처럼 품위를 잃지 않는
모두의 멋진 정신을

그건 우리가 함께
오랜 죽음들의 축적을 거쳐
이룩해낼 수 있었던 전통
그 속에 다양한 질서로 나타나는

욕망과 행복의 노래들
화려한 이름의 시대성들
견고하게 형성된 공동의 취향들
그로부터 하나둘
경이로운 영광으로 흩어지는
당신의 작품들처럼
그렇게

이제 당신이 태어난
눈부신 거리 위에는
날마다의 신선한 주스와
새로운 이상을 향한
잡지들이 팔리고
곳곳마다 장밋빛 파라솔이 펼쳐지고
나체가 그려진
통유리의 문이 활짝 열리고

기념의 풍경은
늘어나는 행인들처럼 이어지네
저기 일렬로 수놓은
위대한 얼굴들의 물결 아래
누군가는 바쁘게 신호를 건너고
또 서로에게

반갑게 악수를 청하고
더러는 혼자서
흐트러진 옷매무새를 정리하기도 하는
수많은 표정들의
생생하고 풍성한 시간

맞이할 수밖에 없다네
당신이 어딘가에 묻혀 있는 한
우리는 그 위로
찬란한 날들을 보내리
손가락에 낀 작은 반지들을
푸른 하늘에 비춰보거나
화창한 바람에
열린 페이지들이 넘어가듯
또다른 기념의 위상들을
높다랗게 장식하며

그래,
모두가 활기찬 만큼
거리는 그렇게 시작되는 것
마주한 눈빛들은 아득한 만큼
환한 꿈으로 둥글고
저마다의 미래는

소중히 기약할수록 아름답고
펄럭이는 당신이
위대한 만큼
눈앞에 펼쳐진 삶은
일상적으로 굴러가노라

가을볕

가을볕 아래
곡식들 익어가네
저마다의 단단한 보석을 품고

고요히 자란 키들로 모여
풍요로운 대지의
한 철을 이루네

가없는 곡식들의 빛으로
출렁이는 오후의 지평선은
어디론가 흘러가고

밀짚모자를 쓴 한 노인은
문득 허리를
일으켜세운 채

흥얼거리던 옛 가요 속
빛바랜 주인공이
되기도 한다네

종소리

대체 뭘 하고 있는가
아는가,
오늘 커다란 종이 그대로 추락했다는 것을
이제 종은 울리지 않는다
……그러나 파괴된 것은 오직 종뿐이라네
네 귀는 그 소리를 들었을까

당치도 않은 소리!

오늘도 여느 때처럼 삼삼오오 모여
시답지 않은 시간을 보냈지
통유리 속으로 쏟아지는
환한 햇빛을 등지고 앉아
너는 요즘 불면증에 시달린다고
달아오른 눈을 깜박이며
나온 지 한참 지난 주간지를 넘기고 있었네
독한 커피를 마시며
피로처럼 굳은 미간을 찌푸리며

보았다

네가 죽었다는 기사를
의문의 가십으로 활자화된 네 모습을

오, 말도 안 되는 소리!

두 손으로 힘껏 테이블을 내려치고는
너는 곧장 자리에서 일어나
그 주간지를 휴지통에 처박아버렸어
쓸쓸하게 고인 침도 뱉었지
이런 쓰레기 같은!
여보게들, 이게 말이 되나!
내가 죽었다니,
내가 죽었다고 하네!
너는 단단히 화가 난 듯
점점 더 탁해지는 목소리로 소리쳤어
이게 말이 되나!
달아오른 눈을 깜박이며
침묵처럼 짙게 드리운 그늘 속에서
홀로 햇빛으로 빛나고 있는,
그러니까, 아무도 없는 테이블을 향해

빌어먹을 허튼소리!

너는 다급하게 거리로 나섰다

오늘 아침

오늘 아침에는
친구의 이민 소식을 들었지
어깨와 목 사이에 수화기를 끼고
너는 마른 빵을 먹고 있었어
식탁 한편에 기대어
잠이 덜 깬 채로
불룩해진 입을 우물거리며 말했지

축하하네,
어디든 여기보다는 낫겠지
나?
난 요즘 지독한 불면증에 시달리고 있어
의사 말로는 건강한 생활습관이
최선의 방법이라 하더군
그게 말이 되나
난 모르겠어
우습게 들릴지 모르지만
결국 매일매일에 시차 적응하는 셈이지
지금도 그렇다네
이게 밤인지 낮인지
그게 어젠지 오늘인지

아, 그런데 미안하지만
어디로 떠난다고 했나?

스웨덴이라고 했던가?
아니면 아르헨티나?
프랑스?
아니, 필리핀이었나?
멕시코나 케냐…… 뉴질랜드?
러시아?
인도네시아?
그리스?
아니면

네 무덤!

너는 목이 막혔다
그리고
순식간에
그 모든 곳을 다녀온
기분을 느꼈지

거리에서

오, 가타부타 논할 가치도 없는 소리!

너는 잠들지 않았어
조금 피곤했을 뿐이지
누구나 그 정도의 피로는 느낀다네
그건 오히려 강하다는 증거지
이렇게 버틸 수 있으니까
무엇이 너를 그토록 단단하게 만들었나
정말로 대단하군, 자네!
번화가의 힘찬 음악처럼
너는 결코 지치지 않는다네
꿈처럼
미래처럼
자, 가세!
전력으로 살아 있는
너의 권태를 증명하러!

도시는 화창했고
거리 곳곳마다 선명한 명암들이
너를 깊게 스쳐갔네
이봐, 거기 쓸쓸한 친구!

너는 잠들지 않았지만
그렇다고 잠들지도 못하지
이상하지 않나?

하지만
문득 고개를 들었을 때
모자이크처럼 이어진 간판들은
이렇게 말했어
정말로 대단하군, 자네!
자, 얼른 가세!
엿처럼 살아 있는
너의 존재를 증명하러!

제기랄!

어느새 너는
눈부신 대로를 가로질러
광장으로 향하고 있었다

횡단의 시

얼음처럼 멀쩡한 정신으로
또박또박 그러나 바쁘게 발걸음을 옮겼네
맞은편에서 달려오던 차들은
능숙하게 핸들을 꺾어 너를 피해 갔어
브레이크도 밟지 않고
그대로 지나갔지
오, 이상하지
꿈처럼
미래처럼
바람은 따귀처럼 쌀쌀맞고
외투는 그보다 헐렁했지
정신이 너무 차가웠던 탓일까
어느 순간 넌 머리가 아팠고
그럴수록 더 바쁜 걸음으로

그렇게

반짝이는 찰나와 시간들을 호명했어
알 수 없는 주문처럼
그것들을 번갈아 부르며
너는 끝없이 밀려드는 절망과 용기를

두 다리 사이로 교차했지
(그건 좀 우스웠지만)
그리고
점점 더 빨라지는 걸음 속에서
일종의 환각처럼
무언가 잊고 있었네

가장 중요한 사실을
잊고 있었다네

길의 변주들

그렇게

강가로 향하고 있었다
노인들이 모여 있는
공원으로 향하고 있었다
개강을 맞은 대학으로 향하고 있었다
아니, 숲으로 달려가고 있었다
교회로 향하고 있었다
백화점으로 향하고 있었다
시청으로 향하고 있었다
정신없이,
정신없이

빨갛게 달아오른
눈을 비비다
불현듯 눈앞이 캄캄해졌네
그리고 하마터면
헤어진 그녀에게로 갈 뻔했지

닥쳐, 그따위 개 같은 소리!

너는
여느 때보다 당차고 빛났어
오늘의 너는,
어쩌면 너는
인생에서의 가장 빛나는 한때

네 모든 동작은
그것을 놓치지 않기 위해
온몸에 힘을 주고
새하얀 마비를 잊고
날카로운 다짐을 가하며
그렇게,
그렇게

턱밑까지
숨이 차올랐으나
이윽고 광장에 도착했을 때

그곳에는
아무도 없었다

— 광장에서

너는

고함을 질렀다

인식과 빛

오, 역겨운 소리!

너는 현실을 알고 있다네
몽상가들은 죽었다 깨어나도 모를, 그런 현실을
너는 자주 비웃었지
권력을 인정하지 않는 태도
머리를 조아리지 못하는 신념
고상한 취향
뼛속까지 정직해지려는 노력
잦은 후회와 반성, 사랑
보다 순수한 형태의 대화
본질적인 공동체
궁핍한 노래
오, 신이시여!
자유, 영원
그리고 또,
또,
또,
그렇게
오랫동안 비웃었고
그리하여 알게 됐어

여기서는 더이상
비웃을 거리가 없어졌음을

오, 후려쳐먹을 소리!

너는 또 알고 있다네
네 예민함이 향해 있는 곳
섬세하고 정교하게 다듬어진
수십만 개의 창살들이 어디로 뻗어 있는지
그것들이 일제히 빛나며
날카롭게 돋아날 때
네가 갑자기 어두워지는 이유
보이지 않는 몸속이
순식간에 비린내로 젖어드는 이유를

쏟아지는 피로 속에서 잠들지 못할 때
불현듯 알 수 없는 흥분 속으로 빠져들 때
한 무리의 앵무새들이 정치를 떠벌릴 때
침묵으로 생각할 때
불 같은 술을 단번에 들이킬 때
네가 살아 있다고 느낄 때
그리고 어느 순간
그 모든 것들이 너를 둘러쌀 때

대낮의 풍경

제발, 그런 한심한 소리!

빌어먹을 놈의 주위는 고요했고
낯설도록 평화로웠지

그러나
쏟아지는 볕은 따뜻했네

아니, 실은
그래서 고통스러웠던 거야!

왜냐하면 너는,
핏줄이 시뻘겋게 달아오른
네 눈에는
불면으로 뻑뻑해진
네 눈에는

다시금 비비고 훔쳐본들
네가 보이지 않았으니까!

소위 말하는 육체가!

거기 매달려 있는 네 정신이!

거지 같은 소리!
썩어빠진 소리!

목소리들

너는 외로웠지

지옥에나 떨어질 소리!
추잡한 소리!

그러나
오늘의 너는,
어쩌면 너는
인생에서의 가장 빛나는 한때

짧고
강렬한 순간이여,

너는 아무것도 듣지 못했다

미친 소리!
들먹일 필요도 없는 소리!

너는 네 목소리조차 듣지 못했지

말 같지도 않은 소리!

쓰레기 같은 소리!

너는 너를 찾을 수 없었고

머저리 같은 소리!
의미 없는 소리!

너는 환원되지도 않았다

개소리!
거짓말!

거리는 여전히 눈부셨지

약간의 정적과 소음들 속에서
투명해진 피로만이
눈의 흔적을 깜박이며

오, 불멸의 태양만이 노래했네

너는 신성한 오늘

어떤 과거

지나간 열차

멀어지는 소리

풍경의 정적

비어 있는 철로

그것들로부터
하나의 관념은 하나의 발자국
나란히 놓인 침목들을 건너가며
생각하는 그 자리에
과거는 서 있네
머리를 밀고
하얀 마스크를 쓴 채로
언제나 그렇듯 슬픈 타인처럼
그대로 모른 척 지나가기를 바라며
쓸쓸히 고개 돌렸네
마주한 눈빛으로부터
부질없는 회상이 떠오르기 전에
내가 무엇을 추억하며
깊숙한 주머니에 손을 찔러넣고
걸어가는지 알고 있다는 듯

그렇게 지나가기를
기다리고 있었네
흔들리는 코스모스들과

매캐한 밤의 기록

그 무렵
나의 모든 예감은 예고였지
어긋난 적이 없었으므로
나는 어긋나기 위해 살았다네
자주 웃었고 자주 미쳤지
예감이 맞아떨어질 때면
고개 숙이기도 했네

꿈은 소묘처럼 섬세했고
기민한 손끝은
밖으로부터 흘러들었지
가끔 두서없이 깊어지는 독백에
치를 떨기도 했지만
도시의 밤은 캄캄했고
안개는 축축했어

*

부러 반항하지는 않았네
반항이야말로 예고된 행보였으므로
차라리 그건 턱끝 같은 한계에 가까웠지
진정으로 어긋나기 위해
나는 순응했어

비가 스치는 차창을 바라보며
나는 택시가 가자는 대로
기사를 몰았고
음악이 틀라는 대로
흐린 라디오를 돌렸으며
또는 그런 식으로
사랑이 하자는 대로
했을 뿐이야

*

그러니까,
나의 패턴은 예감으로 시작해
예고된 결과를 맞으며
끝나는 식이었지
광활한 공단을 지나
한적한 다리 밑에 도착했을 때
나는 늘 이별한 얼굴로
택시에서 내렸다네
뺨을 갈기듯
그렇게 차문을 닫았지

오, 취한 적은 없었어
좋게 말하자면
운이 없었을 뿐
궁극에는 모두가 소모될
열정이었다네

＊

계절의 수많은
낮과 밤을 교차하며
나날이 감퇴해가는 시력처럼
그렇게 순응하고 있었지
일련의 절망이나 희망과는 무관하게
순응했을 뿐이라네

다만 언제부턴가
박동 같은 불빛들의
끊임없는 점멸 속에서
도시는 창백한 폐허와 겹치고
무명의 안개 속에서
부두는 거대한 모습으로만
술렁이고 있었던 거야

*   —

그리고 그건

단 하나의 고향처럼

생생했지

*

생생하고 무정했다네
더듬어보는 손끝마다
하나같이 가볍고
어두운 심장들이었지
그대로 잠들고 싶었으나
진정으로 잠들기 위해
나는 순응했고 또 수긍했다네

어디론가 밀려가거나
휩쓸려가는 것은 아니었지
다가오는 순간들은
언제나 온몸을
관통하고 있었으니   —

*

나는 투명했으므로
그렇게 호흡했으므로
그리고 폭발하는
허무와 고통처럼
빠르게 늙어갔을 뿐이야

마침내 도시가
쇠퇴의 길로 접어들었을 때
나는 끝내 서럽게 울고 말았지만
그것 역시 반항하기 위함은 아니었지

한 떼의
서늘한 웅성거림처럼
나는 몰락한 사람들 속에
깊숙이 파묻힌 채로
그렇게 스스로의 중심을
지우고 있었네

*

끊임없이
욕망과 욕망을 오가며
정해진 동작을 반복하고 있었지
생의 선명한 시간을 따라
서서히 순응할수록
자꾸만 참담해지는
사실이었네

*

그래, 나는
분명히 알고 있었고
무언가는 분명
어긋나고 있었던 거야

처음의 예고대로
모든 순간이
지금으로 오기까지
세월이여,
이것은 늘 한 가지 방향의
기대였을 뿐이라네

여신들

추방당한 나체의 여신들은
평화로워 보였지
비스듬히 누워 바람에 흩날리는
솜사탕을 뜯어먹을 때
하얗게 쏟아지는 무형의 광선들은 달콤하고
그때 잠시나마 절망감으로부터
자유롭지 않았던가

그녀들은 철저하게 지켰어,
이른바 무계획을
눈앞에 황홀하지 않은 순간은
쉽게 잊어버리는 방식으로

손을 흔들었네

이 시대와의 비루한 사연들, 문제들
아무것도 모르는 눈빛들로 웃고 있었지
이를테면 가장 순수한 동작의 기지개를 펴고서는
아아, 그리고 부드러운 신음으로
모든 경계를 지워버리고는

몇몇은 자리에서 일어나
허공에 비친 물결로 뛰어들고

누군가는 그사이
줄 없는 하프를 타기 시작했어

하여, 그날의 연회는
그녀들의 화려한 침묵으로 펼쳐졌지
보이지 않는 음표들을 귓속말처럼 들으며
또는 가볍게 눈을 찡그리며
서로의 빛나는 무릎에 기대
하하 호호
박수를 치면서

이렇게,

그녀들을 추방한 수천의 자손들이
수음하는 가운데

순례
— 숲길에서

모든 영혼은 언제나 여행중에 있지

그것은 이 땅의 영혼들이

지니고 있는 숙명

때문에 특별히 정해진 이름은 없다네

모든 무명의 영혼들이여,

오, 울창한 삼나무 숲속에서

불현듯 날아가는 새들과

그로 인해 가볍게 흔들리는 나무들과

또 소리처럼 흩어지는 햇빛

말하자면 그때 영혼들은

정적과도 같은 시간의 흔적을 남길 뿐

그러고는 다시 어딘가로 나아가네

발이 아닌 발목으로

눈앞에 희미해지는 오전의 안개처럼

거기서부터 한 송이 꽃이 피어나고

숲은 빛과 그늘로 선명해지고

그대들은 또다른 곳으로

숙명의 여행을 계속 이어가는구나

늘 그래왔듯

서로가 서로를 증명하며

허나 그게 누구인지는 모른 채로

아무런 기척도 없이 떠나는

슬픈 무명의 영혼들

끊이지 않는 여행의 숨결 속에서

바람처럼 투명한 눈을 감으면

푸른 숲은 어느새

열대의 무성한 정글로 변했다가

해골들로 가득한 강이 되기도 하지

거대한 고대 문명의 도시가 되었다가

핏빛으로 물든 사막이 되기도 한다네

그대들은 섬세하게 느낄 수 있어

그것들을 함께 스쳐지나는 동안

영원히 조각나버린 황금의 눈과

타오르는 생명

울려퍼지는 끔찍한 비명들

그리고 신성한 쾌락과

환호의 감정들이

무엇을 의미하고 있는지

또 어떻게 이루어질 수 있는지를

느낄 수 있지만

오로지 느낄 수만 있기에

이름 없이 불가한 환생과 현실로부터

다시 아무런 기척도 없이

그렇게 나아가기 시작할 뿐이라네

검푸른 파도와 대양의 물결을

차갑게 부서지는 포말을 지나

그 사이로 가라앉고 있는

군도를 건너가네

대륙의 철책과 공단을 지나가네

미지의 설원을 거쳐

기둥으로 우뚝 선 신전들을 지나가네

한 마리 나비가 되었다가

수만의 홀씨가 되어 날아가기도 하는

그대들의 정적과 함께

황혼이 저물고

별과 이슬이 교차하는 사이

또 얼마나 많은 문화들이

짧은 꿈결처럼

사라지고 탄생하는가

얼마나 많은 진실의 문들이

처절하게 닫히고 열리는가

그대들은 보이지 않는 감각만으로

그 모든 것을 관통해야 하기에

이 여행은 끝날 수 없어

세계가 돌연히 끝나지 않는 이상

우리는 마찬가지로

또다시 눈을 뜨고

그렇게 삶의 젖을 먹고 마시고

새로운 명명으로

이 땅의 변증과 궁극을 이어갈 테니

그래, 그대들은

떠날 수 없어 떠나는 것

그러니 기억하라

미래의 사람들아,

어느 날 문득 눈앞에 정적이 찾아왔을 때

영혼들은 그곳에서 이곳으로

이곳에서 또다른 곳으로 떠돌겠지만

그들의 여행으로부터

우리들의 역사는

하나의 감각으로 엮이리라

그 속에서 완성되는 숙명과 함께

영원히 느낄 수 없는

무명의 창백한 느낌이

지나가고 있겠지

황혼곡

칠 줄도 모르는
피아노 앞에 앉아서
한 손으로 건반을 눌러보다가
다행히 도레미 정도는 알아서
강물 건너듯 음을 건너지는 못해도
건너갔다 돌아오지는 못해도
오, 그늘처럼 젖어 있는 징검다리

딛는 순간마다 가라앉았다
다시 떠오르는 건반들의 소리는
어느 날 저녁처럼 낯설지 않아
어떤 음은 물새처럼 날아가
별을 지우듯 사라지고
어떤 음은 잘못 던진 물수제비처럼
얼마 못 가 가라앉아버리고

그저 듣다가
생각에 잠겨도 좋아
손가락으로 건반을 누를 때마다
만져지는 이 단단함에 관하여
무슨 할말은 없더라도

이렇게 도 시 라 솔 파 미 레

도처럼
조금 더 오래 앉아서
물들어가는 어스름에
가만히 귀를 기울이는 시간
그것이 오늘의 절정이든 무엇이든
아름다움과는 무관하게

장미 동산

어느 날
장미꽃 동산에
거대한 폭풍우 몰아치고

그곳이 다시
장미들의 동산이 되기까지
붉고 잔인한 시간 흘렀으니

동산 어디에도
폭풍의 흔적 하나 남지 않고
이따금씩 장미꽃 향기들만
잔바람에 흩날려

그후로도
장미꽃 향기들만
깃털처럼 흩날렸다네

번영회의 축제
— 노래와 주정들

누군가 단상에 올라 춤추기 시작했네
한밤을 환하게 흔드는 음악 사이로
일제히 폭소가 울려퍼졌네
절름발이는 절뚝거리며 웃었고
뚱뚱한 부인은 기둥을 붙잡고 웃었지

백합처럼 아름다운 여인 주변에는
건장한 사내들이 모여 있었네
몇몇은 서로의 멱살을 잡고 싸우기도 했지
술에 취한 한 사내가
그녀를 이끌고 어디론가 가려 하자
누군가 그를 한방에 쓰러뜨렸네

어린아이들은 끊임없이 깔깔거리며
어둠과 불빛 사이를 휘젓고 다녔지
한 녀석이 음식이 쌓인 테이블을 엎고
수염이 덥수룩한 요리사에게
혼쭐나고 있는 동안에도

사람들은 큰 소리로 건배했어
모두의 안녕과 행복을 위하여
술이 가득한 잔을 부딪치고
단숨에 들이키기를 독려했네

우울한 이들은 어둠 속으로 들어가
각자만의 위대한 고독을 즐기고
이따금씩 기울어진 그늘 아래서
몰래 사랑을 나누던 눈빛들과
말없이 마주하기도 했지

흥겹게 춤추던 무리 속에서는
안색이 어두워진 한 노인이
갑자기 정신을 잃고 쓰러졌네
그러나 그가 밖으로 실려나가자
남은 이들은 아무 일 없었다는 듯
다시 춤추기 시작했고

어깨동무를 한 취객들은
모닥불 앞에서 함께 노래를 부르며
호탕한 얼굴로 몸을 들썩이고 있었지
실수로 다 같이 넘어지기도 했지만
호탕한 얼굴은 변하지 않았어
그사이 자기부인들이
누구와 놀아나는지도 모른 채

이렇게 목청껏 노래만 불렀던 거야;

우리가 가진 것은 없지만

당신에게 빚진 것도 없다네

무엇이 당신의 은총인가

오, 난 모르겠어

지금은 단지 목이 마를 뿐이야

착하고 가난한 친구여,

어제 마신 술은 아직 깨지 않았네

노래는 노래로 이어지고
구경하던 사람들은
노래를 따라 박수를 쳤어
연인은 연인에 기대어 박수를 쳤고
누군가는 시무룩한 얼굴로 박수를 쳤지

수줍은 소녀들은 구석에 모여
무언가 열심히 소곤거리고 있었네

한 손으로 입을 가린 채
가끔은 화들짝 놀라기도 하고
가끔은 멀쩡하게 생긴 어떤 청년을
날카로운 눈으로 노려보기도 했어

뒤늦게 도착한 사람들은
얼굴이 불쾌해진 친구들 손에 이끌려
연거푸 술잔을 들이켜야 했다네
어떤 이는 영문도 모른 채
알몸으로 단상에 올라가야 하는
내기에 동참하기도 했지

성격이 좋지 않은 한 싸움꾼이
악사들과 시비가 붙는 바람에
잠시 음악이 중단되기도 했지만
누군가 유리병으로 그의 머리를 내려치자
그는 그대로 바닥에 기절해버렸다네
반짝이는 파편들과 함께

그러나 음악은 다시 환하게 켜지고
이따금씩 사람들 속에서
짧은 환호와 비명들이 울려퍼졌어
몸을 채 가누지 못하는 이들은

혼자서 실없이 웃거나
진흙탕에 얼굴을 처박기 일쑤였고

사람들은 끊임없이 건배했지
모두의 행복과 안녕을 위하여
저마다 가장 선명한 표정으로
취한 사내들은
구겨진 연초에 불을 붙이고
부인들은 계속 엉덩이를 흔들었네

감옥에서

희망을 생각하면
구체적인 얼굴이 떠오르지 않아요

생각만으로는 되지 않아
날마다 손끝으로
글자를 쓰는 버릇도 생겼죠
바닥에서 벽으로, 벽에서 허공으로
글자의 투명한 이목구비를 세우는 동안
꿈처럼 무른 손끝이 굳고 또 굳고

가끔 구부러진 마디를 펼치면
캄캄하게 망가진 손톱이
빛나기도 했어요

그럼에도 또 어디엔가
무색의 희망을 긁적이는 것은
다만 내 버릇이 조금 과한 탓일까요

때로는 잠들지 못하는 밤을
도배하기도 했어요
손끝 닿는 곳마다 어김없이
희망이라는 글자를 쓰고 있었지만
그럴수록 익숙해지는 건

필체처럼 구체적인 현실의 얼굴이었죠

공교롭게도 표정 속에
희망은 보이지 않았어요
예컨대 그것은 하나의 역설이었고
어쩌면 그때 내가 쓴 것 역시
글자 이외에는
아무것도 아니었는지 몰라요

그렇지 않다면
돌처럼 딱딱해진 손끝을
어떻게 이해해야 할지

그런 감각들은
마디 끝에 늘 고독한 모습으로 맺혀 있죠
손끝으로 써보면 알 수 있어요
그러니까, 생각날 때마다
희망이라는 두 글자

쓰는 것만으로 되지 않을 때는
가끔 언옥(言獄) 너머의 공화국을
떠올려보기도 했지만요

작별

물결이 물결을 밀듯
바람은 바람을 밀고
저녁은 저녁을 미네

누군가 떠내려갔으나
조금만 기억해보면
누군지 금방 알 만한
사람이 떠내려갔으나

우리는 차가워져서
떼 잃은 물고기처럼
외로울 만큼 차가워져서

환절의 길목에
입을 벌리고 있네
어떤 경련도 없이

처녀

동쪽 방향의 한 줄기
커다란 무지개를 보았네
빛바랜 구릉들 사이로
비구름은 지나가고 있었지

그때 그녀가
잠시 젖은 모자를 벗고
파랗게 변한 허공을 둘러본 것은
누구도 알려주지 않은
초원의 고요한 의례였네

연인들

우리는 서로를 사랑했네
괴로운 날들 속에서

괴로워했지
빛나는 입을 맞추고

괴로워했지
서로의 몸을 끌어안으며

등뒤로 흘러가는 시간을
바라보았네

미래는 조금씩 선명해졌지
괴로운 날들 속에서

사랑은 오고 있었네
끝없는 모습으로

사랑은 가고 있었네
가장 아름다운 결말로

그러나 우리의 사랑은
그 자리에 머물고

우리는 괴로운 침묵으로
서로를 사랑했네

빛나는 어깨를 맞대고
기다렸네

갈색의 눈빛으로
기다렸네

날들의 괴로움이
그대로 저물기를

우리가 잠시
불안에 어두워지기를

어느 저술가의 산책
― 공원 방향

사월의 아침 푸른 가로수를 따라
공원으로 이어진 길은 빛나고
도로의 차들은 막힘없이 흘러갔어
한편으로 길게 늘어선 붉은 담장에는
다양한 미소의 선거 벽보들이
하나같이 어딘가를 바라보고 있었고
가끔씩 뜨겁게 내리쬐는 햇볕 속에서
지나가는 사람들은 하나둘
이마 위로 손차양을 짓기 시작했지

그는 며칠째 쓰다 만
연금생활자에 관한 글을 생각하며
뻣뻣하게 굳은 목을 주무르고 있었지만
낯설고 멍한 느낌이
걸음을 따라 계속 이어진 건
단지 지지부진한 글 때문만은 아니었어
그건 처음부터 다시 쓰거나
혹은 쓰기를 그만두는 게 옳은 글이었고
또 그렇다고 누가 뭐라 할 일도 아니었지

다만 그는 오랜만에 맡아보는
밝고 신선한 바깥공기로부터
무거워진 고개를 이리저리 돌리며

조금은 즐겁고 싶었을 뿐이야
이를테면 우연히 나뭇가지에 걸린
만 원짜리 지폐 같은
또는 어느 날 실수로 빚어진 연애 같은
한 손에 들고 있는 과일 같은
가벼운 시간으로서의 순수한 자유
길 위에서의 즐겁고 본질적인 자유를
문득 깊은숨을 내쉴 때마다
가로수 그늘처럼 반짝이며 출렁이는
어느 현실의 날들을
꼭 그런 형식은 아닐지라도
무언가 조용히 전환된 기분이기를 바라며
그렇게 걷고 있었을 뿐이지
여전히 뜨거운 그날의 햇볕 아래서
조금은 더 유쾌해지려는 표정으로
또 바람 같은 손짓으로
머리를 쓸어넘기기도 했어
그렇다고 특별히 달라질 건 없었지만
그건 아무런 일도 아니었지만

어쩌면 그로부터
우리의 이성은
계속 노래했는지도 몰라

— 눈앞의 풍경처럼 평범한 사실들
위약한 가치들이 견고해질수록
소중해지는 것들에 관하여
아무렇지 않은 듯 그러나
아무렇지 않을 수 없는
모든 순간에 관하여
터벅터벅 두드리는 발걸음처럼
말하고 있었는지도 모르지
한쪽 어깨 위엔
리넨 재킷을 걸치고서

—

상징

그래, 어느 계절이나
들판에 핀 꽃들은 아름다워
날아갈 듯 날아가지 않는
약속의 꽃잎들

누군가 그 사이에 앉아
느린 이별의 노래를
부르기 전까지는

날아갈 듯 날아가지 않네
약속보다 작은
약속의 꽃잎들

무용수

발 딛는 곳마다
잔디처럼 돋아난 가시들
뾰족하고 작은 점들이
발밑에 닿을 때
그늘로 만나 피로 맺어지는 꿈

거기 무시로 비틀리는,
한 발은 당신의 맨발이고
다른 발은 이 땅의 몫인
발자국, 어디론가 닿지 못하는
이륙의 비명

오, 이륙의 비명

서정과 중심에 관한
가장 오래된 축제여,
전수할 행적이 없는 붉은 발길로
여기까지 왔으나

발뿐인 너는
내려올 수 없는 무대 위에서
언어 이전의 모습으로 가리키네
연무처럼 뒤따라오는

머리와 손 그리고
음탕한 리듬을

거울
— 두상화

당신이 무언가 기를 쓰고 노력하든 반대로 어떠한 노력도 하지 않든 그건 이미 하나의 명백한 노력이죠 다만 우리는 그걸 증명하기 위해 늘 필요 이상으로 숭고해지거나 진지해지거나 또는 우스꽝스러워지곤 해요 가령 이와 같은 거울 앞에서도 무엇을 보고 있는지 모르는 것처럼 말이죠

박수

박수를 칠 때마다
순탄하게 살았던 전생과
어딘지 모르게 닮은 삶이 문득 겹치고
사랑이 옛사랑과 자리를 바꾸고

한 박자 통증 같은
그런 타이밍과는 무관하게
소리가 뒤늦게 손을 찾아오거나
반으로 갈라진 외계를 발견할 때

바람은 죽고
바람에 굳은
굴곡만 남아 있었지

코러스들

슬픔은 정지.
어느 날 동쪽 창가에 턱을 괸 채로.
허공에서는 죽은 별처럼 거미가 내려오고 있네.
그것은 하나의 운명이라네.
그러나 정지.
거기 이슬이 빛나는 지점에서.
정점을 돌아보는 각도로.

그래, 문득 그런 거지.
슬픔의 정지에는 기미가 없으므로.
나는 생생히 볼 수 있다네.
찬바람이,
기울어진 숲이,
일렬로 날아가는 새들이 정지하네.
그들의 장대한 합창과 함께;
어떤 기민함에 관한.
대대로 물려받은 오랜 습성에 관한.
또는 시시콜콜한 일들에 관한.

그늘의 방향으로.
시간에 보다 뚜렷해진.
그리고 누군가는 거칠게 신문을 펼치겠지.
활자로 정지하기 위하여.

끓는 커피를 마시다가.
"정말일까?"
또 어느 한편에선 밥을 짓다가.
깍지를 끼고 기도하다가.
"고통은 늘 필연적으로 찾아올까?"
느닷없는 의심으로 정지한다네.

그늘의 방향으로.
클로드 모네가 손으로 말했던.
바야흐로 세계의 표정은 일치했지.
그러한 순간, 순간들;
계절이 또 한 발 물러났음을 인지하며,
비록 그 계절은 다리를 절었지만.
일제히 각자의 동공으로 깊어지며,
그러나 정지한 채로.
우리는 들풀 삭는 냄새를 맡는다네.

자 이를테면,

여기 한 개의 고독이 있듯.
한 개의 피치 못할 사정이 있듯.
가장 뚜렷한 형태로.
그대로 살아 있는.

어쩌면 불과 얼음으로 뭉친 심장의 모습.
그러므로 이것은 하나의 풍경이라네.

누군가 보이지 않는 목소리로,
"지금은 아무것도 사라지지 않아요."라고 한들.

당신도 알고 있지.
그 어느 것도;
외곽이 단단한 마을처럼.
높고 낮은 지붕들처럼.
불 꺼진 십자가처럼.
거기 거뭇하게 서려 있는 피로처럼.
빛처럼.
남은 것은 사실.
오로지 정지했다는 사실 뿐이라네.

해설

풍경에의 상상
이수명(시인)

일찍이 워즈워스가 "시는 강력한 감정의 자연스러운 분출"이라고 한 말은 이후 오랫동안 시에 대한 두 가지 편견을 형성하는 데 이바지한 측면이 있다. 바로 강력한 감정이라는 것과 자연스러운 분출이라고 한 점이다. 낭만주의가 지나가고, 이와는 다른 생각을 하고 있는 유미주의나 상징주의, 그리고 다양한 현대시들이 나타났지만 감정의 강렬함과 또 이를 가능한 자연스럽게 표출하는 시의 권능은 현대에 이르기까지 그 힘을 잃은 바가 없다고 할 수 있다. 즉 시는 무엇보다 정서적인 산물이라는 것, 그리고 형식에 기대지 않고 그 정서를 날것 그대로 노출할수록 강력해지는 것으로 생각되어온 것이다. 여기에는 형식이 아니라 내용이 중요하다는 생각이 강하게 깔려 있다.

이에 대해 가장 인상적인 반박 중의 하나가 주지하다시피 엘리엇의 '감정 도피설'이다. 엘리엇은 이 뿌리깊고 지배적인 생각을 걷어내고, 어떻게 하면 감정이나 즉각적인 개성으로부터 멀어질 수 있을까를 고민했다. 대부분의 시인에게는 이상하게 생각되고, 또 일부 시인들에게는 아마 끝까지 납득이 되지 않을 엘리엇의 생각은 단지 지성적이고 메타적인 기호(嗜好)에서 나온 것은 아니다. 감정이나 자신의 개성에 사로잡히는 것의 어리석음과 무용함을 비판하는 것 역시 아니다. 다소 적극적인 독법을 적용해보면, 이것은 탈출이라 할 수 있다. 1차적인 감정으로부터 탈출하고, 내면으로의 환원을 피할 수 있는 효과적인 방식이다. 그리하여 궁극적으로는 주체로의 회귀에 포섭되지 않는 길이다. 요컨대 감정으로부터 도피하고 개성을 몰각하는 것이 시의 핵심이라고 했을 때, 그는 밖으로 나가는 문을 생각했던 것이다. 자아에 갇히지 않고 지속적으로 나갈 수 있는 방식을 고민했던 것이며, 따라서 이것은 그가 덧붙였던 것처럼, 개성을 가진 자, 다시 말하면 뚜렷한 자아를 가진 자만이 할 수 있는 것이다.

생각해보면 엘리엇이 개성으로부터 멀어져 나아가야 한다고 생각한 전통이라는 것은 현대적으로 번역하면 일종의 장치라 할 수 있다. 자아의 밖에 있는 적절한 시스템 말이다. 장치로의 진입 없이 어떻게 전류를 흐르게 할 수 있을까. 우리가 한 시인에게서 읽어내는 것은 결국 그가 어떠한 장치로 나타났느냐일 것이다. 그의 장치는 이전의 장치와 어떻게 관계되는가, 이것이 중요한 것이며, 그런 의미에서 우리는 엘리엇을 현대적으로 다시 읽어낼 수 있다.

이선욱의 시는 최근 시단뿐 아니라 다소 거슬러올라가 우리 문학사를 되짚어보았을 때도 동류를 찾기가 좀처럼 쉽지 않다. 그의 시는 지금, 여기, 현실, 그리고 이러한 범주 안에 들어 있는 주체의 내면이나 감정을 이러저러한 방식으로 토로한 것이 아니다. 사유의 굴절이나 감각의 경신과도 같은 최근 시에서 각광받고 있는 아이콘도 소장하고 있지 않다. 한마디로 말하면 어떠한 방식으로든 지금 이 시대 문학의 토양과 얽히게 마련인 대개의 시들과 비교했을 때 매우 이질적인 작업이라 할 수 있다. 그의 시는 심지어 이 땅의 DNA를 가지고 있지 않은 것으로 보이기도 한다. 본적을 알 수 없는 시이고, 어떤 경로에서 흘러나오는지 알 수 없는 화법이어서 거칠고 낯설게도 느껴진다. 무엇보다 그의 시는 자연스러운 분출과는 근본적으로 다른 과감한 기획의 산물이다. 그는 시로 무엇을 생각했던 것일까.

1. 지금, 여기의 위배

젊은 시인이 첫 시집을 냈을 때 그것을 뒤적거리는 이유는 대개 한 가지 이유 때문이다. 현재의 조류가 포괄하지 못한 어떤 새로운 기미를 탐지하기 위해서다. 지금의 것을 확인하려는 것이 아니라 앞으로 나아갈 방향이 될 수도 있는 신호를 발견하려는 것이다. 이러한 시도는 대개 현재와 이질적인 요소를 작품 안에서 찾으려는 것으로 귀결된다. 이질성의 크기와 방향에 따라 관심의 정도가 결정되는 것이다.
　이선욱의 이번 시집을 들여다보았을 때 얼핏 새로운 요소가 눈에 잘 띄지 않을 수도 있다. 시집의 구성과 배치가 작품의 성향을 손쉽게 노출하지 않는 방식으로 이루어진 까닭이다. "우리의 붉은 입술"이라고 시작하는 첫 시 「입술」은 강렬하기도 하지만, 어떻게 생각하면 온화하게 문을 여는 장면이다. "피보다 아름답고 입체적인/ 추억의 뼈로 이

루어졌다면"이라는 다음 구절이 큰 흔들림 없이 오래 숙성
시킨 묘사로 이어지기 때문이다. 본격적으로 시집에 들어가
기 전에 마치 인사를 건네는 듯한 이 호의를 받아들고 서서
히 그 안으로 들어서면서도, 그리하여 조금씩 그의 낯선 분
위기에 의구심을 갖게 되면서도, 이 시집이 어떠한 것인지
를 조망하기는 생각처럼 쉽지 않다. 시집은 여러 가지 신호
를 보내고 있지만 그 한복판에 들어서도록 신호들이 모이는
방향이 잘 보이지 않는 것이다.

　그러나 중반을 넘어서 "붉은 입술"이 문득 다음과 같은 구
절을 외치기 시작했을 때, 우리는 놀라게 된다. 갑자기 어떤
풍모로도 세울 수 없는 거친 낯설음이 앞을 가로막고 나선
것이다. 이선욱의 시가 비로소 솟아오르는 순간이다.

　당치도 않은 소리!

　오늘도 여느 때처럼 삼삼오오 모여
　시답지 않은 시간을 보냈지
　통유리 속으로 쏟아지는
　환한 햇빛을 등지고 앉아
　너는 요즘 불면증에 시달린다고
　달아오른 눈을 깜박이며
　나온 지 한참 지난 주간지를 넘기고 있었네

독한 커피를 마시며
피로처럼 굳은 미간을 찌푸리며

보았다

네가 죽었다는 기사를
의문의 가십으로 활자화된 네 모습을

오, 말도 안 되는 소리!

두 손으로 힘껏 테이블을 내려치고는
너는 곧장 자리에서 일어나
그 주간지를 휴지통에 처박아버렸어
쓸쓸하게 고인 침도 뱉었지
이런 쓰레기 같은!
여보게들, 이게 말이 되나!
내가 죽었다니,
내가 죽었다고 하네!
너는 단단히 화가 난 듯
점점 더 탁해지는 목소리로 소리쳤어
이게 말이 되나!
달아오른 눈을 깜박이며
침묵처럼 짙게 드리운 그늘 속에서

홀로 햇빛으로 빛나고 있는,
그러니까, 아무도 없는 테이블을 향해

빌어먹을 허튼소리!

—「종소리」 부분

  하지만 곧 어리둥절해지지 않을 수 없다. 이 강렬한 장면을 어떻게 생각해야 할지 난감하기만 한 것이다. 어디서 이렇게 뜻하지 않은 시가 튀어나온 것일까. 단지 낯선 것이 문제가 아니라 「종소리」는 선뜻 무어라 할 수 없는 기이한 분위기로 가득차 있다. 우선 한량처럼 보이는 무리들이 "삼삼오오 모여/ 시답지 않은 시간을 보"내는 것은 지금의 피부 감각이 아니다. 주체를 에워싸는 이러한 유사 군중은 박태원이나 이상과 같은 몇몇을 제외하고는 근대의 내면에도 잘 나타나지 않은 것이며, 내면과 외면이 구별되지 않는 개체들이 흩어져 있는 현대의 풍광도 아니다. 우리는 지금 그럴듯한 "삼삼오오"로 모이지도, "시답지 않은 시간"을 보내지도 않는다. 정확하게 말하면 "시답지 않은 시간"이라는 판단 자체를 내리지 못한다. 그러므로 이것은 말 그대로의 판단이라기보다는 어떤 중의적 텍스트성을 떠올리게 한다. 시에 모종의 출처가 잠재되어 있다는 느낌을 강하게 받는 순간이다.
  뒤이어 무리들이 함께하는 분위기가 전개된다. 이 분위기도 무어라 할 수 없는 이질적인 것이어서 "나온 지 한참 지난 주간지를 넘기고 있었네/ 독한 커피를 마시며"라는 그들만의 공간 안으로 들어서기가 어렵다. 주간지나 독한 커피가 공유되는 곳은 카페일 텐데, 무리들이 모여 특정한 이슈를 주고받고 가십을 나누고 목소리를 높이고 하는 것은 지금, 여기가 아니라 어쩐지 프랑스나 스페인과 같은 유럽풍의 카페를 연상시킨다. 대화와 커피가 긴 시간 속에서 자연스럽게 일상화된 서양식의 사회적 분위기가 전해지는 것이다.

  시대적, 공간적 괴리를 느끼게 하는 것은 여기서 그치지 않는다. 18페이지에 달하는 이 긴 시를 읽다보면 적잖이 당황하게 된다. 내용의 구성보다도 거의 모든 페이지에 나타나는, 어떤 곳에서는 매 연에 나타나는 외침 때문이다. 밑도 끝도 없이 "당치도 않은 소리!"로 시작해 자신이 죽었다는 "의문의 가십"을 주간지에서 읽고 내뱉는 "오, 말도 안 되는 소리!"에 이어, 이와 유사한 외침이 작품 전체에 나타나는 것이다. 즉 "빌어먹을 허튼소리!" "가타부타 논할 가치도 없는 소리!" "그따위 개 같은 소리!" "역겨운 소리!" "후려쳐먹을 소리!" "그런 한심한 소리!" "거지 같은 소리!" "썩어빠진 소리!" "지옥에나 떨어질 소리!" "추잡한 소리!" "미친 소리!" "들먹일 필요도 없는 소리!" "말 같지도 않은 소리!" "쓰레기 같은 소리!" "머저리 같은 소리!" "의미 없는 소리!" "개소리!"와 같은 거칠고 목적 없는 음성들이 미친

듯이 계속 쏟아져나온다. 도대체 갈수록 가중되는 이 비아냥거림이 누가 누구에게 하는 것인지, 무슨 뜻으로 하는 어떠한 공격인지, 왜 이토록 헛되게 격렬한 것인지 알 수 없는 채 말이다. 이 말들은 무의미하게 쏟아지는 「종소리」처럼 허공에서 부서지고 있다. 자신이 죽었다는 기사의 거짓을 알리는 것치곤 장황하기조차 하다. 허위 기사에서 분노가 비롯될 수도 있겠지만 그럼에도 지나치게 무차별한 언어의 난사인 것이다.

물론 이렇게 생각해볼 수 있다. 계속해서 등장하는 '~소리!'는 어쩐지 인위적으로 조성된 듯한 카페라는 비현실적인 공간과, 거기서 맞게 되는 거짓 기사의 가공성에 비례하는 언어적 구타라고. 그리고 지금 상연되는 이 비현실적 풍경 위를 활공하는 과감한 기괴함이라고. 이 비현실의 공간에서는 이토록 격렬하고 무의미할 수가 있을 것이라고. 그러므로 그의 언어적 난타는 비현실성을 겨냥해 비판하는 것이 아니고, 오히려 이 비현실과 나란히 달리기에 처음부터 끝까지 낯설고 기이할 수 있을 것이라고 말이다.

하지만 이렇게 생각을 해도 이선욱의 시가 주는 당혹스러움은 여전히 남는다. 지금, 여기의 목소리가 아니고, 지금과 여기를 기이하게 위배하는 그의 음성이 '~소리!'라는 분노들을 터뜨리는 것이 또한 기이하지만, 한편으로 이 격앙조차 뚜렷한 근거나 목표 없이 병렬되는 느낌을 지울 수 없는 것이다. 이 비현실적인 느낌은 어디서 오는 것일까. 그토록 많은 출현에도 불구하고 분노들은 왜 현실/비현실 세계에 대한 추포가 되지 않는 것인가. 다시 말하면 이선욱의 시는 어떻게 여기를 벗어나서 마치 다른 세계의 이야기를 하듯 진술을 하게 되었으며, 격렬한 발화의 순간조차 현실과 괴리감을 유지하고 있는가 하는 점이다. 불합리하고 비현실적인 장면으로 채워져 있는 「종소리」를 위시한 이선욱의 시가 갖는 독특한 이질감을 더 면밀히 살펴볼 필요가 있는 것이다.

2. '~네'체와 "철저한 풍경"

장시 「종소리」에서 제일 먼저 눈에 띄는 것은 계속해서 쏟아지는 '~소리!'지만, 조금만 살펴보면 상황을 파악하려 애쓰는 것이 별 의미가 없음을 알 수 있다. 이것이 어떤 뜻을 지니는 것인지 유의미한 맥락을 발견하기가 쉽지 않은 것이다. 그보다는 이 발화가 놓이는 양상에 주목하는 것이 더 도움이 될 것이다. 발화는 항상 발화의 방식에 의지하기 때문이다. 이것이 발화의 크기나 양보다 중요할 수 있다.

일단 「종소리」를 일견하면 이 시의 이질성이 어디서 비롯되는지를 다소 납득할 수가 있다. 바로 서술 부분이다. 종결부의 많은 곳이 "주간지를 넘기고 있었네" "내가 죽었다고 하네!" "누구나 그 정도의 피로는 느낀다네" "너는 결코

지치지 않는다네”“또박또박 그러나 바쁘게 발걸음을 옮겼
네”“무언가 잊고 있었네// 가장 중요한 사실을/ 잊고 있었
다네”“불현듯 눈앞이 캄캄해졌네”“쏟아지는 볕은 따뜻했
네”“오, 불멸의 태양만이 노래했네”와 같이 ‘~네’로 끝나
고 있다. ‘~지’나 ‘~다’도 있지만 ‘~네’가 눈에 띄는 것은
이 서술의 강한 특성 때문이다. ‘~네’는 지금, 여기를 표현
하는 화법은 아니다. 대상으로부터 시간적, 공간적 거리를
유지한 채 발화하는 것이다. 이것을 숙고할 필요가 있다. 왜
냐하면 그의 쏟아지는 분노의 ‘~소리!’들이 바로 ‘~네’에
안겨 있기 때문이다. 분노가 포위되어버리는 것이다.

　그러고 보니 「종소리」뿐이 아니다. 「종소리」에는 다른 서
술 양식들이 섞여 있지만 그 외의 모든 시들이 이 서술 양식
으로 되어 있다는 사실을 놓칠 수 없다. 등단작인 「탁, 탁,
탁」에서부터 선보이기 시작한 ‘~네’는 이번 시집의 대부분
의 시들을 아우르는 종결형으로 쓰이고 있다. 언문일치체
로 정착된 현대적 구문인 ‘~다’는 찾아보기 힘들 정도이다.
‘~여’ ‘~지’ ‘~리라’가 더러 쓰이고는 있지만 ‘~네’가 매
편의 시를 형성하는 특징이 되고 있는 것이다.

　이선욱의 시가 이질감을 주었던 것은 무엇보다도 이 형
식적인 외관에 기인한다. 이것은 의도된 것이 분명하며, 물
론 이 형식은 세계관이다. 시집 한 권에 걸쳐 이것을 계속
한다는 것은 특별한 기획이 아닐 수 없다. 고어 투 같기도
하고, 번역 투 같기도 한데, 일단 직접적인 서술은 아니다.

내용을 간접화시켜 전달하는 성격을 지닌 것이다. 따라서 상태를 독백하거나 직접적으로 표현한다기보다는 거리감을 갖고 조망하는 분위기를 창출한다. 현재 우리는 특별한 분위기를 의도하지 않고는 이런 투를 거의 쓰지 않는다. 마치 제3자에게 이야기를 들려주듯이 진술하는 형국이라 할 수 있다. 이것이 이선욱 시의 비현실성과 아우라의 기본적인 원인이다.

> 우리는 서로를 사랑했네
> 괴로운 날들 속에서
>
> 괴로워했지
> 빛나는 입을 맞추고
>
> 괴로워했지
> 서로의 몸을 끌어안으며
>
> 등뒤로 흘러가는 시간을
> 바라보았네
>
> 미래는 조금씩 선명해졌지
> 괴로운 날들 속에서

사랑은 오고 있었네
끝없는 모습으로

사랑은 가고 있었네
가장 아름다운 결말로

그러나 우리의 사랑은
그 자리에 머물고

우리는 괴로운 침묵으로
서로를 사랑했네

빛나는 어깨를 맞대고
기다렸네

갈색의 눈빛으로
기다렸네

날들의 괴로움이
그대로 저물기를

우리가 잠시
불안에 어두워지기를

전문이 거의 '～네'체로 이루어져 있다. 우선 지적해야 할
것은 매번의 진술이 '～네' 위에 얹혀서 휘어져버린다는 점
이다. 이로 인해 직접성이 사라지고, 회고하는 듯한, 조망하
는 듯한 간접적 분위기가 펼쳐진다. 마치 과거의 어떤 상황
을 다른 시간대에서 떠올리는 듯한 아우라를 만들어내는 것
이다. 그렇기 때문에 화자는 연인이지만 동시에 연인에 대
해 생각하고 바라보는 시선을 갖는다.

이러한 패턴이 지속적으로 작품을 형성해나간다. 어떠한
고통도 괴로움도 '～네'의 리듬에 포섭되어 간접화된다. "우
리는 서로를 사랑했네/ 괴로운 날들 속에서"를 예로 들어
보자. 아무리 "괴로운 날들"이어도 "사랑했네"의 리듬 속
으로 끌려들어오면 괴로움은 미학적으로 감각된다. 이러한
현상은 "사랑은 오고 있었네/ 끝없는 모습으로"와 "사랑은
가고 있었네/ 가장 아름다운 결말로"의 반복을 거쳐, 후반
부의 "우리는 괴로운 침묵으로/ 서로를 사랑했네// 빛나는
어깨를 맞대고/ 기다렸네// 갈색의 눈빛으로/ 기다렸네"에
이르면 거의 율동에 가까워진다. 이쯤 되면 시는 '～네'의
군무가 되는 것 같은 생각이 든다. 이것은 결국 풍경화다.
시는 연인들의 현재를 이야기한 것이 아니라 '～네'에 의해
연인을 풍경화로 구성한 것이다. 시인은 연인들에 대한 어
떠한 존재론도 여기서 토로하지 않는다. 대신 풍경화를 보

여줄 뿐이다. 다음 시를 보자.

＊

슬픔은 정지.
어느 날 동쪽 창가에 턱을 괸 채로.
허공에서는 죽은 별처럼 거미가 내려오고 있네.
그것은 하나의 운명이라네.
그러나 정지.
거기 이슬이 빛나는 지점에서.
정점을 돌아보는 각도로.

그래, 문득 그런 거지.
슬픔의 정지에는 기미가 없으므로.
나는 생생히 볼 수 있다네.
찬바람이,
기울어진 숲이,
일렬로 날아가는 새들이 정지하네.
그들의 장대한 합창과 함께;
어떤 기민함에 관한.
대대로 물려받은 오랜 습성에 관한.
또는 시시콜콜한 일들에 관한.

그늘의 방향으로.
시간에 보다 뚜렷해진.

> 그리고 누군가는 거칠게 신문을 펼치겠지.
> 활자로 정지하기 위하여.

끓는 커피를 마시다가.
"정말일까?"
또 어느 한편에선 밥을 짓다가.
깍지를 끼고 기도하다가.
"고통은 늘 필연적으로 찾아올까?"
느닷없는 의심으로 정지한다네.

—「코러스들」 부분

「연인들」에 이어 「코러스들」도 메타적 풍경화라 할 수 있다. 이 시는 부연하건대 현실이 아니다. 울퉁불퉁하고 종잡을 수 없는 현실이 튀어나오는 것이 아니다. "슬픔의 정지에는 기미가 없으므로./ 나는 생생히 볼 수 있다네." "일렬로 날아가는 새들이 정지하네."를 비롯하여 '~네' 안으로 현실과 서사가, 인간과 삶의 의미들이 스케치된다. 그래서 사소한 일상이 내비쳐져도 현실이라기보다는 풍경으로 보이게 된다. 이것이 이선욱 시의 고유성이다. 현실이 아니라 풍경으로 존재하는 삶, 묘사하는 시간대에 둘러싸여 그려지고 불려오는 이야기들, 이러한 분위기가 그의 시를 이질적으로 만드는 요인이다. "오, 외로운 개인의 역사는/ 철저한 풍경으로만 기록되고/ 그 속의 낯선 얼굴은// 빛과 바람과 윤곽으로 남았지"(「전원기도」)에서 알 수 있듯이 그의 시는 그렇게 "철저한 풍경"이 되어버린다.

"철저한 풍경"이라는 말은 이번 시집을 관통하는 키워드처럼 보인다. 시인은 삶이나 세계와 의미 있는 연관을 만들지 않으며, "철저한 풍경"으로 바라볼 뿐이다. 따라서 풍경과의 좁힐 수 없는 거리를 감지하는 것이 그의 시를 읽는 방법이다. 저편에 풍경이 있다면, 이편에는 이선욱 시 특유의 주체의 막 같은 것이 있다. 주체는 이 막에 걸려 밖으로 노출되지 않는다. 마치 엘리엇이 말하는 도피처럼 주체는 이 막에 의해 은밀히 차단되는 듯 보인다. 이선욱은 시를 통해 자신의 개성을 표현하거나 실현하려 하지 않는다. 외려 이런 것과 무관해지려 하는 쪽이다. 이것은 매우 희귀한 기도이다. 그의 관심은 단지 막의 밖에 풍경의 세계를 건설해보는 것이다. 막이 사라지고 내면이 직접 노출되는 것은 그에게 대단히 불편한 일로 보인다. 이로써 이유는 알 수는 없으나 현실에 대한 우아한 복수처럼, 현실의 저촉을 받지 않은 "철저한 풍경"이 전개되는 것이다.

3. 비현실적 공간과 종족이라는 상상

'~네'라는 특유의 기술이 이선욱의 시를 풍경화한다고 했을 때, 이 풍경을 그야말로 이국적인 것으로 만들어버리는 요인이 있다. 바로 작품 속 공간들이다. 그의 시들은 현

실적 공간감을 지니지 않는다. 그렇다고 초현실적이거나 초
월적 공간으로 나아가는 것도 아니다. 구체적이어도 경험적
이지 않고, 상세하게 묘사해도 실제적이지 않다. 대신 어떤
전형적인 세계가 펼쳐지는데, 바로 시인의 머릿속에 떠오
르는 이국적 장소다. 여기가 아니라 어느 먼 곳, 경우에 따
라서는 1~2세기 전의 어느 먼 나라로 보이는 곳들이 배경
을 이루고 그곳의 낯선 풍경이 재현된다. 장소가 현실적이
지 않으므로 풍경 역시 현실적인 것이 아니다. 사람들의 행
위도 낯선 풍습을 이룰 뿐이다. 실내든, 실외든, 그 어느 곳
이든 마찬가지다.

> 간단한 메모를 하거나 또는
> 가만히 커피를 끓이는 일이
> 더 익숙한 종족 그래서
>
> 산장의 태양은 빛나고
> 가장 빛나는 순간 빠르게 돌아서는 오후를
> 그들은 신의 고비라 부른다네
> 산맥을 넘어서지 못한 기도와
> 넘어서려는 의지가 헤어지는 풍경을
> 누구보다 잘 알고 있지
>
> ──「산장과 태양」 부분

누군가 단상에 올라 춤추기 시작했네
한밤을 환하게 흔드는 음악 사이로
일제히 폭소가 울려퍼졌네
절름발이는 절뚝거리며 웃었고
뚱뚱한 부인은 기둥을 붙잡고 웃었지

백합처럼 아름다운 여인 주변에는
건장한 사내들이 모여 있었네
몇몇은 서로의 멱살을 잡고 싸우기도 했지
술에 취한 한 사내가
그녀를 이끌고 어디론가 가려 하자
누군가 그를 한방에 쓰러뜨렸네

어린아이들은 끊임없이 깔깔거리며
어둠과 불빛 사이를 휘젓고 다녔지
한 녀석이 음식이 쌓인 테이블을 엎고
수염이 덥수룩한 요리사에게
흔쭐나고 있는 동안에도

사람들은 큰 소리로 건배했어
모두의 안녕과 행복을 위하여
                          ─「번영회의 축제」 부분

그는 턱을 괴고 바라보았지
한 손으로는 미지근한 맥주를 마시며
마지막으로 받은 카드는
테이블 위에 그대로 덮어두었지
평소보다 과하게 저녁식사를 한 탓인지
기분이 썩 좋지는 않았어

천장에 달린 팬을 따라
두터운 담배 연기가 돌고 있었고
그는 무거워진 눈꺼풀을 깜박이며
듣기 불편한 숨소리를 내고 있었지
그러자 마주한 친구는 이렇게 말했어

"자네, 그러고 보니 꼭 잭을 닮았군!"

모두들 낮은 소리로 웃었네
물론 그도 따라 웃었어
그러고는 약간은 찡그린 표정으로
남은 맥주를 비웠어

—「일요일의 포커」부분

인용한 시들은 행위와 대사가 특정한 공간에서, 특정한

146

분위기를 띠며 진행되고 있음을 보여준다. 작품 속 세계가 현실과 무관한 어느 먼 곳의 맥락에 속해 있는 것이다. 이 별도의 맥락이라는 느낌 때문에 시 속의 장면은 마치 고전적인 영화나 연극의 일부 같기도 하다. 그렇게 장소와 분위기가 비경험적이고 서사적이다.

"침묵자들"이라는 부제가 붙어 있는 「산장과 태양」은 사람들이 말없이 모여 있는 산장이 배경이다. "간단한 메모를 하거나 또는/ 가만히 커피를 끓이는 일이/ 더 익숙한 종족"은 아무래도 설원이나 고원 지역의 어느 부족을 떠올리게 한다. 높은 산맥에 위치한 이 산장은 "신의 고비"라든지 "산맥을 넘어서지 못한 기도"와 같은 구절들에서 종교적인 엄숙함마저 감돈다. 인간의 의지로 어쩌하지 못하는 자연과 섭리의 세계를 "산장의 태양은 빛나고"와 같은 장려한 구절로 묘사하고 있다. 고지대의 삶의 풍광을 엿볼 수 있다.

「번영회의 축제」에는 축제가 한창 벌어지는 무도회장이 나온다. "누군가 단상에 올라 춤추기 시작"하고 "아름다운 여인"과 "건장한 사내들" "절름발이"와 "뚱뚱한 부인" "어린 아이들"과 "요리사"가 함께 등장하여 "폭소"하고 "먹살"을 잡고 "건배"하는 와자지껄한 풍경이 묘사된다. 이것은 어른과 아이, 뚱뚱하거나 불구인 사람들이 평등하게 즐길 수 있는 문화가 형성되어 있고, 또한 축제와 춤과 요리와 건배가 일상화된 지역의 이야기이다. 이 시 역시 고유한 역사적, 지리적 풍토를 가진 사람들의 특별한 삶의 터전과 공동체, 풍습이 작품의 주요 모티브다.

"농담들"이라는 부제의 「일요일의 포커」는 천장에 팬이 돌아가는 카페가 무대인데, 자욱한 담배 연기 속에서 맥주를 마시며 포커를 하는 무리들이 등장한다. 이 건달들의 포커 놀이와 농담은 마치 드라마의 한 장면처럼 묘사된다. 카페 안의 "미지근한 맥주"와 "카드" "두터운 담배 연기" 역시 서부극을 연상케 한다. 작품의 처음부터 끝까지 이 장면이 왜 시연되는지 알 수 없으며, "자네, 그러고 보니 꼭 잭을 닮았군!"이라는 농담 역시 상황적이기만 한 것이다. 이 말이 왜 웃음을 불러일으키는지, 어떤 소통과 이해를 가져오는지 파악할 수가 없다.

이렇게 그의 시는 산장이나 카페, 무도회장을 배경으로, 또는 그 외에도 광장이나 거리, 공원, 교회, 무덤과 같은 곳을 중심으로 구성된다. 이러한 장소에서 벌어지는 이야기들은 특유의 서사적, 상황적 맥락으로 작품을 끌고 들어감으로써 현실적 접속력을 약화시킨다. 이 이야기들을 통해 시인은 지속적으로 풍경을 작성하고, 지금, 여기와 무관한 사람들, 무관한 공간을 묘사한다. 비현실성이 가동되게 하는 것이다.

이 점에 대해 특별히 지적할 필요가 있다. 우리는 우리에게 익숙한 공간이나 대상과 함께인 경우, 부득불 이에 붙들릴 수밖에 없다. 초연할 수 있다는 것은 대단히 관념적인 발상이다. 우리와 관계된 풍경이나 장소는 그냥 외형적으로 존재할 수는 없으며 우리는 무언가 다른 눈으로 이것을 바라보고 호흡하는 것이다. 이 다름은 극복되기가 좀처럼 쉽지 않은데, 불가피하게 내면과 정신의 진입이 이루어진 까닭이다.

이선욱의 시는 요컨대 지금, 여기를 지표로 하고 있지 않으며, 지금, 여기의 내면이나 정서를 내장하고 있지 않다. 정확하게 말해서 이를 피하고 있다. 대신 비현실적 공간을 기획하여 감정이 연루되지 않도록, 감정의 현재성을 부려놓지 않을 수 있는 길을 찾으려 했다. 그렇다고 해서 고원 지역이나 서양풍의 장소를 묘사함으로써 서양의 내면으로 들어선 것도 아니다. 그의 시가 서양적인 것에 내적으로 동원되어 있는 것이 아니기 때문이다. 다만 서구의 풍경을 설계하고 일종의 비현실을 입안하고 있는 것이다. 아니, 어쩌면 "슬픈 종족이란/ 그런 습성들이 우연히 연속되는/ 또하나의 황량한 상상"(「별과 빛」)이라는 말에서 알 수 있듯이, 그가 묘사한 것은 풍경이 아니라 애초에 풍경에의 상상일지도 모른다. 종족이라는 상상, 종족을 불러내어 다른 시간과 공간을 구성하는 "황량한 상상"과 마찬가지로, 내면이 들어가지 않는, 내면이 들어가지 못하게 하는 풍경이라는 상상 말이다. 이 상상을 위해서 그의 풍경은 철저히 한국적이지 않아야 했던 것이다.

4. 가설무대의 창안

거슬러올라가보건대 우리 시 문학사에서 즉각적 내면성의 소거라는 엘리엇의 생각에 닿아 있는 시인이 있다면 김기림일 것이다. 김기림은 실제로 엘리엇의「황무지」를 의식한「기상도」를 쓰기도 했다. 김기림은 주지하다시피 반전통적이고 서구 지향적이었다. 그는 전통적인 내면과 정신의 깊이에 붙들리지 않으려는 듯이 양풍을 차용했다. 그에게 근대라는 것은 서양풍의 형식, 외관을 의미했으며, 서양의 도시 이름이나 외래어 등도 모두 근대성을 표현하기 위한 외형들이었다. 그의 시에 비판적이고 풍자적인 이데올로기가 없지 않지만 이러한 태도 역시 깊이 있게 추구되지 않았다. 중요한 것은 그가 이해한 근대라는 것이 이러한 외형적인 것이었다는 점이다. 김기림에게 깊이가 없다는 비판이 쏟아질 수는 있지만 실제로 그가 동양인으로서 서양의 깊이를 취득할 수는 없었을 것이다. 또한 전통과 내면의 깊이를 앞세워 서양을 수용한다는 것은 한계가 분명한 일이었을 것이다. 이렇게 생각했을 때 김기림의 곤란과 시적 모험에 대한 이해가 생길 수 있다.

한 세기를 건너 후세대인 이선욱의 시에는 이전의 김기림이 고심했던 근대성 같은 문제가 물론 존재하지 않는다. 한마디로 이데올로기적인 그늘이 없다. 또한 이국의 장소들을 배경으로 하고 있음에도 불구하고 지명 하나도 등장하지 않는다. 그래서 구체적인 묘사를 하고 있지만 김기림의 양풍과는 차이가 있다. 굳이 말하면 이선욱은 실제 존재하는 어느 나라나 공간이라기보다는 일종의 양풍적인 가설무대를 창안한 것이다. 가설무대에 특정한 공간을 설정하고 인물들의 행위가 시연되도록 말이다. 풍경에의 상상이라는 것은 이러한 분위기를 가리키는 말이다. 무대는 무대여서, 무대 밖에 있는 내면이 침입할 위험이 없다. 내면의 침입이 불가능한 무대다. 물론 역사나 현실, 개인이 들어설 자리도 없다. 이것은 내면의 개입을 벗어나기 위한 대단히 치밀한 작업이다. 정신의 중력으로부터 자유로워지는 것은 한순간에 가능한 것이 아니기 때문이다. 따라서 이렇게 무대를 개설함으로써 분리를 시도하려 했다고 할 수 있다.

이것이 이선욱 시가 갖는 의미이다. 그는 풍경을 설정함으로써, 풍경을 상상하고 불러냄으로써, 내면이 아닌 일종의 외면을 건축하려 했다. 밖을 만들고 바라보려 했다. 풍경은 그가 밖으로 나아가게 하는 지표와도 같은 것이었다. 그가 끊임없이 떠올린 이국적인 상황이나 공간, 그 안에서 벌어진 대화들은 '~네'라는 전달 형식과 함께, 밖에 대한 증언의 양상으로 표출되었다. 이것은 다양한 방식으로 자아와 내면의 과부하가 걸리기 마련인 시의 독자적인 행보로 기억될 만하다. 또한 관념적인 돌파구가 아니라 구체적인 장치로 외부를 설정한 것이야말로 우리 현대시에서 의미 있는 시도이다. 현대시는 말할 것도 없고 시는 장치의 역사인

까닭이다. 이제 이번 시집에서 특별히 인상적인 시를 한 편
더 읽어보고자 한다. 무대는 무대인데 다소 예언적인 무대
이다.

그러니까,

가문 벌판이었지

저녁이면 한 무리 염소들은
그늘로 떠났고
목동의 손만 홀로 남아
벌판 한가운데 놓인 탁자에서 타자를 쳤네
타자를 쳤네
캄캄한 자판을 두드릴 때마다
솔가지 타는 소리가 허공에 퍼졌고
타자기에선 부서진 사막이
조금씩 흘러내렸다네
다 닳은 잉크처럼
어둠에 날리는 글씨들과 함께
이따금씩 타점이 강하게 울렸으나
휘어지는 바람을 따라
자판을 두드리는 속도가
달라지기도 했네

목동의 손은 가벼웠지
몸은 없고 손만 남았으므로
말없이 서술하는 시간은
활자판의 중심처럼 칸칸씩 이동할 뿐
꿈꾸듯 망설이는 타법은 아니었네
다만 슬픈 꿈의 오타만이
하얀 털뭉치처럼
바닥에 뒹굴고 있었으니
궁극의 어떤 형상 같았으나
궁극에는 자라지 못할 운명이었다네
자판은 타법에 빠르게 반응하고 있었지
아니면 무언의 잦은 행갈이였을까
어딘가 어둠은 글썽거렸고
그것은 타이핑한 글씨체였다네
때로는 벌판에 도는 메아리처럼
같은 문구를 연달아 치기도 했는데
그럴 때면 땅금 갈라지듯
목동의 손뼈가
더없이 두드러지곤 했네
사방으로 길이 없는
벌판의 한가운데였지
끊이지 않는 서술의 소리를 따라
손끝에는 굳은살이 피어났고

그렇게 타자를 치던 어느 날이었다네
어둠에 날리는 글씨들은
점점 더 흐려졌고
타자기에선 부서진 낙타의 뼈가
흘러내리고 있었네
연달아 같은 문구들을 치고 있을 때였지
모가 닳은 자판 하나를
누르는 순간
무형의 뒤늦은 타점이 울렸네
무언가 손등에 떨어졌지
빗방울이었네

                                  —「탁, 탁, 탁」 전문

   이선욱 시 특유의 '~네'와 이국적 장소가 역시 나타나 있다. 벌판이 무대가 되고 있는데, 다른 시들과 마찬가지로 우리 식의 전통적인 친근함을 주지 않는다. "사방으로 길이 없는/ 벌판의 한가운데"는 초목이 발달한 아일랜드나 프로방스의 어느 전원을 떠올리게 하며, 한 무리의 염소를 치고 있는 목동 역시 그러한 지역의 목동에 가깝다. 이것이 한 폭의 그림처럼 아름다우면서도 풍경의 상상이나 설계처럼 보이는 것은 목동이 염소들을 돌보는 것이 아니라 타자를 치고 있는 데서 연유한다. 장치인 것이다. 목동은 염소를 놔두고 대체 무슨 타자를 치고 있는 것일까.

한마디로 이 시는 시집 전체의 징후를 보여주는 것 같다. 시집 안에서 각각의 시들이 외형적인 풍경으로 존재하듯이, 목동이 치는 타자 또한 풍경에 지나지 않아서 그 내용을 결코 알 수 없다. 목동이 내용을 보여주지 않는 것이 아니라 목동도 내용을 모르는 것이다. 목동이 곧 풍경이기 때문이다. 오직 "타이핑한 글씨체"만 떠오른다. 우리가 볼 수 있는 것은 "다 닳은 잉크" "어둠에 날리는 글씨들" "슬픈 꿈의 오타"와 같은 글씨의 표면들이다. 내용을 알 수 없는 풍경의 형식이다.

이선욱은 비교할 바 없이 아름다운 이 등단작에서 풍경의 운명을 예감한 것처럼 보인다. 대부분의 그의 시들에서 볼 수 있는 조형적 특징을 이 시도 지니고 있고, 벌판에 홀로 앉아 있는 목동도 가설적 상황이지만, "모가 닳은 자판 하나를/ 누르는 순간/ 무형의 뒤늦은 타점이 울렸네/ 무언가 손등에 떨어졌지/ 빗방울이었네"라는 마지막 부분에서 알 수 있듯이, 이 풍경에는 뜻밖의 침입자가 있다. 목동의 손등에 떨어진 빗방울이다. 빗방울은 벌판이라는 무대에 떨어진, 문득 생생한 현실처럼 보인다. 그의 시에서 잠깐이지만 풍경을 비집고 들어선 최초의 현실 같은 환기력을 지니고 있다. 그리하여 "탁, 탁, 탁" 울리는 작은 현실이 풍경의 전체를 두드리고 있는 것이다. 하지만 귀에 생생히 들리는 것만 같은 영롱한 이 빗방울 역시 목동이 치는 타자처럼 무엇인지 끝내 알 수는 없을 것이다. 빗방울이 들려주는 "무형의 뒤늦은 타점"이 마치 계시처럼 빛나고 있지만, 불현듯 도래한 이 현실마저 풍경이 되는 순간이다.

이선욱 1983년 대구에서 태어나 인천에서 성장했다. 중
앙대학교 문예창작학과를 졸업했다. 2009년 문학동네 신
인상을 통해 등단했다.

문학동네시인선 070
탁, 탁, 탁
ⓒ 이선욱 2015

1판 1쇄 2015년 5월 25일
1판 2쇄 2020년 10월 22일

지은이 | 이선욱
펴낸이 | 염현숙
책임편집 | 김민정
편집 | 곽유경
디자인 | 수류산방(樹流山房) 본문 디자인 | 유현아
마케팅 | 정민호 박보람 우상욱 안남영
홍보 | 김희숙 김상만 지문희 김현지
제작 | 강신은 김동욱 임현식
제작처 | 영신사

펴낸곳 | (주)문학동네
출판등록 | 1993년 10월 22일 제406-2003-000045호
주소 | 10881 경기도 파주시 회동길 210
전자우편 | editor@munhak.com
대표전화 | 031) 955-8888 팩스 | 031) 955-8855
문의전화 | 031) 955-8890(마케팅), 031) 955-8861(편집)
문학동네카페 | http://cafe.naver.com/mhdn
북클럽문학동네 | http://bookclubmunhak.com

ISBN 978-89-546-3591-2 03810

www.munhak.com

문학동네